HOT LINE
YACARÉ

DU MÊME AUTEUR
CHEZ LE MÊME ÉDITEUR

Le Vieux qui lisait des romans d'amour, 1992.
(Prix du roman d'évasion 1992.
Prix France-Culture étranger 1992)

Le Monde du bout du monde, 1993.

Un nom de torero, 1994.

Le Neveu d'Amérique, 1996.
(Prix de l'Astrolabe 1996)

*Histoire d'une mouette
et du chat qui lui apprit à voler*, 1996.
(Prix Sorcière 1997)

Rendez-vous d'amour dans un pays en guerre, 1997.

Journal d'un tueur sentimental, 1998

LUIS SEPÚLVEDA

HOT LINE
YACARÉ

Traduit de l'espagnol (Chili)
par Jeanne Peyras

Editions Métailié
5, rue de Savoie, 75006 Paris
1999

Titre original : *Hot line, Yacaré*

ISBN : 2-86424-294-X
ISSN : 0291-0154

HOT LINE

UN. GÂCHETTE FACILE

L'inspecteur George Washington Caucaman cria : « Halte, le premier qui bouge je lui explose les couilles ! » et les cavaliers s'arrêtèrent net. Dans un mouvement coordonné par des années de lutte contre le vol du bétail dans les passages de la cordillère patagonienne, deux policiers sortirent des broussailles et mirent en joue les voleurs surpris. Caucaman allait rejoindre ses camarades quand l'attitude du chef du groupe l'inquiéta : il gardait une main sous son poncho tout en demandant qu'on le laisse s'identifier. Il vit briller la culasse de l'Uzi et il donna l'alerte : « Attention il a une mitraillette ! » Mais, dans un même mouvement le cavalier avait rejeté son poncho sur son épaule et, dressé sur ses étriers, il avait déverrouillé la sûreté de son arme. Caucaman sauta à côté du cavalier, leva sa Remington à canon court et tira. L'homme s'envola comme si on lui avait assené la plus brutale des ruades dans les fesses.

— George Washington Caucaman, dit le commissaire.

— A vos ordres, Chef, se contenta de répondre l'intéressé sans prendre la chaise qu'on lui désignait, non par prudence mais parce que ses bottes et ses pantalons étaient couverts de bouse de vache. Diable. La vie d'un policier qui combat le vol de bétail n'est pas précisément un lit de roses.

— Tu t'es mis dans la merde, mon garçon.

— Il y a quinze ans que je suis dans la merde jusqu'au cou, Chef. Vous savez bien qu'ici on ne résout pas les affaires depuis son bureau. Je renifle les bouses d'une vache et je sais comment s'appelait la grand-mère de l'éleveur.

Le commissaire croisa les mains sur le dossier et hocha la tête. Il avait en face de lui un de ces policiers qui vont jusqu'au bout de chaque affaire sans se préoccuper de savoir s'ils vont la terminer avec une médaille pendue autour du cou, ou si c'est eux qui seront pendus à un chêne solitaire des Andes.

Il ouvrit de nouveau le dossier et, avant de lire pour la énième fois les paperasses officielles qui s'y trouvaient, il regarda longuement l'inspecteur. Il mesurait un peu plus d'un mètre soixante-dix, son corps avait la texture d'un tronc centenaire foudroyé, nommer cou l'espace qui séparait la tête du reste du corps était une métaphore inutile, ses yeux brillaient comme deux braises noires et sa chevelure noire, hirsute, rebelle, indomptable, dénonçait le pur sang mapuche qui coulait dans ses veines..

— George Washington Caucaman, j'ai été ton professeur à l'école de police et je t'ai toujours parlé franchement. Je t'ai dit qu'être Mapuche dans ce pays de merde c'était aussi difficile qu'être Noir en Alabama. Je t'ai dit que jamais on ne te proposerait un poste digne dans une ville et c'est pourquoi je t'ai choisi pour les services ruraux. Et aussi je t'ai répété jusqu'à plus soif de ne pas t'attirer d'histoires avec les militaires.

— Avec tout le respect que je vous dois, Chef, je n'ai fait que mon devoir.

Le commissaire reconnut une fois de plus que le policier merdeux avait raison. Les bons flics ont toujours quelque chose de suicidaire et ça les pousse à faire leur devoir jusqu'au bout, réfléchit-il, et il lut le rapport. « ... et comme résultat de cette malheureuse intervention de la police. Le citoyen Manuel Canteras a reçu une double charge de chevrotines, calibre 14 dans les fesses, ce qui a entraîné l'ablation de la fesse droite à cent pour cent, et de la fesse gauche à soixante pour cent. »

— George Washington Caucaman, tu as fait sauter le cul du fils du général Canteras !

— Je regrette Chef. Je sais que le général est une grosse légume, mais le dossier oublie de mentionner que ce jeune homme commandait un groupe de malfaiteurs qui conduisait un troupeau de quarante vaches Holstein en direction de l'Argentine.

Des vaches volées à l'estancia El Rosario. Et il ne mentionne pas non plus qu'il a essayé de nous mitrailler avec une Uzi.

Le commissaire alluma une cigarette, fronça le nez et continua à lire : « Manuel Canteras fils faisait une excursion en compagnie d'un groupe d'amis, tous ex-membres des forces armées, amoureux de la nature et des beautés de la région. Ils ont rencontré par hasard un troupeau de bêtes égarées et obéissant à un élémentaire sens du devoir ils ont décidé de les reconduire jusqu'à leurs pâturages d'origine, dans les environs de Palena. C'est alors qu'ils ont été attaqués par surprise par un contingent de la police civile... » Je continue ?

— Purs mensonges, Chef. Qu'est-ce que vous pensez faire de moi ?

— Le bon sens voudrait que j'obéisse aux désirs du général Canteras, que je t'expulse de mon service pour que ses hommes puissent s'occuper de toi, mais je suis prêt à jurer sur mes hommes que le cul d'un fils de militaire ne vaudra jamais autant que la vie d'un policier.

— Parlez clairement, Chef.

— J'ai obtenu que le psychologue du service te déclare victime d'une forte fatigue, conséquence d'un dur travail, ce qui t'a amené à agir de façon téméraire.

— J'ai pas compris un mot, Chef.

— Que tu es à moitié dingue, couillon ! Et que ça fait de toi un policier à la gâchette facile. Pas un mot ! Il faut que je te tire de là et que je t'envoie dans un nouveau service, dans la capitale. Ce foutu pays a presque cinq mille kilomètres de frontières, on fait partout la contrebande des vaches, des cigarettes, de la drogue et je dois me passer d'un bon policier parce qu'il a fait exploser le cul du fils d'un général. Les flics à la gâchette facile on les met dans un bureau, mais je le fais pour ton bien, c'est la seule façon de te protéger.

La capitale. Ces paroles firent à George Washington Caucaman l'effet d'une paire de gifles. Qu'est-ce qu'il allait bien pouvoir faire dans la capitale ? Il y avait plus de quinze ans qu'il luttait contre les contrebandiers et les voleurs de bétail et son élément naturel c'était la montagne. Il pouvait dormir tranquillement sur un cheval, dans un trou creusé dans la neige, ou accroché à une branche de chêne, pour se protéger des pumas. Santiago. La capitale. C'était terrible tout ça.

— La capitale ? Chef, vous ne pouvez pas me faire ça.

— Je regrette, mon garçon. Il n'y a pas d'autre solution, et cramponne-toi, parce que je ne t'ai pas encore tout dit : à cause du retour de la démocratie, la direction s'efforce d'arranger l'image de la police et pas un commissariat ne veut de flics à la gâchette facile, donc après beaucoup d'efforts, je t'ai obtenu un poste au service des enquêtes sur les crimes sexuels. Des questions ?

— Oui, chef, qu'est-ce qu'il fait comme temps dans la capitale ?
— Froid, mon garçon. Août est toujours très froid.

Il fallut à George Washington Caucaman plusieurs bouteilles de gnôle pour se remettre de cette surprise brutale et, bourré comme un coing, il finit la nuit accroché à son cheval, à pleurer les pleurs sans stridences des anciens caciques, en se mordant les lèvres jusqu'au sang, comme les *toquis*, les capitaines mapuches qui rendaient leur pectoral de commandement après les défaites, et c'est ainsi qu'en un lent mais ferme rituel d'adieu, il se dépouilla de ses bottes, de ses éperons d'argent, de ses harnais de cuir, de ses étriers d'avocatier, de sa cravache de boyaux de guanaco, de son poncho molletonné qui l'avait protégé des pires tempêtes, et du fusil Remington à deux canons courts, son *choco*, assurance sur la vie, qui s'il l'avait protégé des pires malfaiteurs, ne l'avait pas sauvé de la colère d'un général, père d'un fils éculé.

Quand il se réveilla de sa cuite, l'ulcère des détectives le rendait presque fou et il ne réussit à faire face à la vie qu'avec l'aide de trois sachets de bicarbonate.

Une semaine plus tard, l'inspecteur George Washington Caucaman, habillé comme pour un mariage et sans aucune trace de bouse, montait la passerelle d'un avion qui devait l'amener à Santiago.

— Bon, on y va, se dit-il dans les airs et il ferma les yeux pour ne pas voir le paysage de prairies, de lacs, de collines, de vaches, encore des vaches, en pensant que ces vers qui disent que les peines nous appartiennent et les vaches appartiennent aux autres ont raison.

DEUX. DES TIQUES

L'officier administratif de la direction des Enquêtes, la police criminelle chilienne, examina les papiers du nouveau venu et l'observa ensuite avec une attention d'anthropologue.

— Alors, une gâchette facile. Pourquoi vous vous êtes fourré aux enquêtes et pas chez les carabiniers ?

— Je dois répondre à cette question ?

— Comme vous voulez. Il n'y a pas beaucoup de Mapuches chez nous. Vous autres vous aimez les uniformes, et vous préférez aller chez les carabiniers.

— Je dois être la brebis galeuse qui confirme la règle.

— On dit aussi que vous êtes des gens qui parlent peu.

— Et des ivrognes et des lâches. On a aussi été syphilitiques.

Après ce fraternel échange d'idées, l'officier l'envoya à la direction du personnel. Là, le préposé lui échangea sa plaque grossière d'inspecteur rural contre une autre incrustée dans un porte-cartes de cuir, et lui remit les outils du métier : des menottes, un colt 38 long et une boîte de vingt-quatre balles.

— J'ai vu un film de Clint Eastwood. Il faisait un policier du Texas qui arrivait à New York et il avait l'air très bizarre. Un peu comme vous, dit-il.

— Vous trouvez que je ressemble à Clint Eastwood ?

— Non, c'est parce qu'il venait de province et qu'il était cow-boy. Les gens du service rural aussi sont des cow-boys, non ?

L'inspecteur de province ne répondit pas et lut rapidement la feuille d'instructions qu'on lui avait préparée. Elles n'étaient pas nombreuses et suggéraient un négligent « Débrouille-toi comme tu pourras ».

— On a beaucoup parlé de ce que vous avez fait au jeune Contreras. Ce pauvre garçon va devoir chercher un donneur de cul pour pouvoir s'asseoir de nouveau. Faites attention à vos munitions, gâchette facile, dit le préposé et il lui fit un clin d'œil, mais George Washington Caucaman préféra l'ignorer.

— On dit là que j'ai une chambre dans une pension. C'est loin d'ici ?

— Voyons. Quartier San Joaquim. C'est au sud je crois.

— Combien de lieues ?

L'inspecteur de province s'en alla en laissant le

préposé discuter avec ses collègues pour savoir combien de mètres il y avait dans une lieue.

La ville lui parut immense, froide et sauvage. On respirait difficilement et on avait du mal à s'orienter, car le soleil brillait quelque part dans un endroit incertain du ciel, au-dessus de la couche graisseuse de gaz qui recouvrait Santiago.

Il marcha une demi-heure vers le sud, jusqu'au moment où, effrayé, il dut s'asseoir à un arrêt de bus. Quelque chose d'épais et de sale s'interposait entre l'air et ses poumons. En voyant les malheureux platanes qui survivaient dans la rue San Diego, leurs feuilles sombres couvertes par une patine à la même tristesse nauséabonde que celle que dégageaient les pots d'échappement, il se dit qu'il devait bouger avec précaution, de la même manière que quelques années auparavant, lorsque en suivant la piste de voleurs de bétail au nord de Balmaceda, il avait découvert des traces dans la neige qui l'avaient conduit à une étable naturelle. C'était un passage étroit entre des bois bordés de quila, le bambou des Andes, qui résiste à la neige, supporte son poids et s'incline en formant des voûtes invisibles pour les avions de recherche de la police. Les voleurs étaient passés par là, c'est ce que disaient les traces, et ils devaient être à l'autre extrémité de la voûte qui avait l'air d'être très longue car on n'entendait pas les mugissements des bêtes. Il était descendu de cheval, et après avoir armé sa Remington il avait fait trois cents mètres, jusqu'à ce que, dans le fumier jusqu'aux genoux, il se sente bizarrement joyeux et ivre. Il avait alors compris qu'il devait sortir, car les gaz de la matière en décomposition commençaient à le droguer, et allaient le tuer en quelques minutes.

— On ne joue pas avec les gaz, se dit-il et il arrêta le premier taxi qui passait.

— Je connais cette pension. Elle est rue Copiapo. On y sera dans un quart d'heure, dit Anita Ledesma et l'inspecteur découvrit qu'il avait affaire à une conductrice.

Les faibles rayons d'un soleil lointain augmentait la grisaille de la capitale. George Washington Caucaman se dit qu'il ne voulait ni vivre ni mourir à Santiago, qu'il ferait son possible pour se tirer le plus vite possible. Un flacon bleu posé sur le siège à côté de la conductrice attira son attention.

— Vous avez des cochons, mademoiselle ?

— Moi ? J'aimerais bien. J'ouvrirais une charcuterie, répondit Anita Ledesma avec tout le charme de ses quarante ans bien protégés derrière la barrière de l'espoir.

— Ce flacon c'est contre les parasites des porcs.

— On me l'a vendu pour le chien. Il a des tiques.

— Blanches ou marrons ?

— Je ne sais pas. Je ne les ai pas regardées, je le vois juste se gratter.

— Marrons. Les blanches ne provoquent pas

de démangeaisons. Ce produit va vous tuer votre chien, c'est très fort, c'est pour les cochons, ils ont la peau épaisse et la couche de graisse empêche les toxines d'entrer dans l'organisme. Faites bouillir une livre d'orties dans un litre de vinaigre jusqu'à le réduire de moitié et frottez le chien avec ça.

— On est arrivé, mon cher ami. Et vous ne me devez rien, dit la conductrice.

— C'est pour l'ordonnance ? On ne fait pas payer les secrets de la campagne, argumenta l'inspecteur, un billet à la main.

— Je vous remercie aussi pour l'ordonnance, mais surtout je vous dois une grande joie : j'ai vu votre photo dans les journaux, vous avez fait exploser le cul du fils d'un sacré fils de pute, s'exclama la conductrice heureuse en lui remettant une carte avec le numéro de son portable et en l'assurant qu'il pouvait compter sur elle.

George Washington Caucaman descendit du taxi en se demandant si ce n'étaient pas plutôt les gens qui formaient le paysage de la ville.

A la pension on lui montra une chambre spartiate. Il l'accepta et après avoir acquiescé sans un mot aux recommandations de la patronne sur l'interdiction de ramener des personnes du sexe opposé dans la chambre, il s'étendit sur le lit et ferma les yeux jusqu'à ce que la faim lui rappelle qu'il n'avait rien mangé de la journée.

Il sortit et s'installa dans le premier bistrot qu'il

trouva sur son chemin. En attendant qu'on le serve, il pensait avec nostalgie à ses compagnons de Patagonie. Ils devaient être en train de griller des côtelettes de mouton, ensuite ils prendraient du maté et se raconteraient des histoires salées. Il découpait sans appétit un steak épais comme un timbre poste quand deux types à cheveux très courts s'assirent en face de lui.

— Alors c'est toi l'Indien de merde.

— De merde non, de Loncoche, corrigea-t-il.

— On est des amis de Manuel Canteras et on va te faire bouffer tes couilles, dit l'autre en tambourinant des doigts sur la table.

— Peut-être mais pas avec cette patte, répondit l'inspecteur en plantant sa fourchette dans la main du type.

Le .38 de service au poing il les regarda sortir. L'un répétait des menaces sinistres et l'autre poussait des hurlements en essayant d'enlever la fourchette qui lui transperçait la main.

Quand il fut sûr que les types étaient partis il rangea son arme et prit un petit sachet de bicarbonate. Le soulagement effervescent arriva rapidement et éloigna les coliques. En sortant son argent pour payer la note, y compris la fourchette, il retrouva la carte d'Anita Ledesma et il se réjouit d'entendre sa voix.

— Anita ? C'est moi qui vous ai donné l'ordonnance pour les tiques.

— J'attendais votre appel. Vous avez des ennuis ?

— Comment vous savez ça ?

— Votre portrait est paru dans les journaux et Santiago est plein de types rancuniers. Dites-moi où vous êtes et je viens vous chercher dans quelques minutes.

Installé dans le taxi d'Anita il se répéta qu'il ne voulait ni vivre ni mourir à Santiago.

— A la pension ? Je vous emmène où vous voulez, mon cher ami.

— Faisons un tour en ville. Il faut que je réfléchisse.

L'auto démarra et la conductrice respecta le silence du détective. Elle alluma discrètement la radio. Les informations parlaient de l'avenir splendide qui s'ouvrait au pays avec l'augmentation des exportations. Une demi-heure plus tard ils passaient devant des jardins illuminés.

— La colline de Santa Lucia, jolie et déserte, dit Anita.

— Les Mapuches l'appelaient *huelen* et c'était un endroit sacré, commenta l'inspecteur.

— Jusqu'à l'arrivée de Valdivia et des Espagnols, et ils ont construit à ses pieds cette ville de merde, ajouta Anita.

TROIS. FAITS ET AFFAIRES

A huit heures du matin, l'inspecteur George Washington Caucaman entra dans un immeuble rénové de la rue Agustina. Une plaque de plastique indiquait qu'au deuxième étage se trouvait le commissariat des enquêtes sur les crimes sexuels. En ouvrant la porte il pensa qu'il s'était trompé d'étage et qu'il était dans une école de secrétariat, car les six femmes qui occupaient les bureaux étaient jeunes, séduisantes et le local avec ses coquettes plantes vertes, avait peu à voir avec un bureau de police, mais le .38 à canon court que l'une portait à la ceinture lui fit comprendre qu'ils étaient entre collègues. Donc il ferma la porte et salua timidement.

— C'est à l'étage au-dessous, dit une des femmes.

— Qu'est-ce qui est à l'étage au-dessous ?

— La photocopieuse. Vous ne venez pas de chez Xerox ?

L'inspecteur de province demanda la commissaire. Une brune à lunettes qui s'efforçait de dactylographier un document l'appela dans son bureau. George Washington Caucaman lui remit son ordre de service.

— Eh bien dites donc, les filles, vous savez qui est là ? Le Charles Bronson de la Patagonie.

Les femmes policiers l'examinèrent avec une attention d'entomologistes, de long en large, de la tête aux pieds, et ne lui épargnèrent pas leurs petits rires.

— Quel look ! La dernière fois que j'ai vu un costume comme ça c'était dans *Le Faucon Maltais*, dit celle qui avait l'air d'être la plus jeune.

— J'essaierai de me laisser corrompre pour m'habiller chez Armani, répondit l'inspecteur.

— George Washington Caucaman. Vous devez être descendant d'Anglais. Mon grand-père s'appelait Evans et il était gallois. Si ça se trouve on est parents, commenta une autre.

— Je ne crois pas. Mais mon arrière-grand-père a connu des Gallois en Patagonie. Il les a aidés à s'épouiller. Maintenant soyez assez aimables pour me dire où se trouve mon poste de travail et ce que je dois faire.

— On va vous donner un bureau, et pour le reste il faudra attendre, dit la commissaire.

On lui donna un bureau dans le couloir, assez loin des femmes. L'inspecteur supposa qu'on le prendrait pour le concierge de l'immeuble ou le responsable des objets trouvés, mais il ne discuta pas. Son bureau avait trois tiroirs aussi vides que le travail qui commençait.

Au milieu de la matinée il luttait contre les bâillements. Il avait vu entrer et sortir plusieurs femmes, quelques-unes avec les yeux battus, d'autres pâles et défaites, les unes très jeunes, d'autres mûres, et au milieu de son ennui la commissaire s'approcha de son bureau.

— C'est fatigant d'être un meuble, commenta l'inspecteur.

— C'est mieux pour vous et pour tout le monde. Ecoutez, nous n'avons rien contre vous, mais on nous a informés que vous êtes de ces flics à la gâchette facile, et ici on travaille avec d'autres méthodes.

— Je comprends. J'essaierai de m'améliorer, je laisserai mon .38 dans le tiroir et je porterai une assistante sociale sous le bras.

— Surveillez-vous, inspecteur. On va bientôt vous apporter du matériel de bureau et un téléphone avec un magnétophone. Le règlement oblige à enregistrer toutes les plaintes.

— Ça veut dire que vous m'intégrez à votre travail. Merci.

— Je ne peux pas l'éviter, mais vous ne serez chargé d'aucune affaire. Je vous répète que nous n'avons rien contre vous, mais j'en veux beaucoup à l'imbécile qui vous a affecté à notre service. Vous savez que pas une femme agressée n'aura confiance en un homme, et encore moins en un Mapuche. Pardonnez-moi, mais c'est la réalité. Vous pouvez nous donner un coup de main pour beaucoup de faits mais pas pour une affaire.

— Nous les Indiens, nous sommes des optimistes, commissaire. Je vous assure que bientôt un camionneur violé par une bande de sœurs de Charité va arriver et ça ce sera une affaire pour moi.

A midi, son téléphone était branché. Les femmes policiers décidèrent qu'il devait rester de garde pendant l'heure du déjeuner, et elles le laissèrent tout seul. Il ne protesta pas, et quand il les entendit descendre l'escalier il fit le numéro d'Anita Ledesma.

— Comment ça va ? demanda la conductrice.

— Formidable. J'ai un téléphone plein de boutons rouges.

— Si vous avez des problèmes n'hésitez pas à m'appeler.

— Hier j'ai dîné seul et je n'ai pas aimé ça.

— D'accord. Appelez-moi vers neuf heures.

Il venait de raccrocher quand, pour la première fois, le téléphone sonna dans son bureau.

— Hier soir tu l'as échappé belle, salaud. Mais sois tranquille, tu vas payer ce que tu as fait à Manolito, le menaça une voix rauque de fumeur invétéré.

— Si tes amis retournent au bistrot qu'ils rendent la fourchette, réussit à dire l'inspecteur avant qu'on ne raccroche.

— Poursuivre un homme parce qu'il a explosé la tête de son prochain, ça passe, médita l'inspecteur, mais faire un scandale comme ça pour un cul, c'est pas sérieux.

Il ne put poursuivre ses divagations, car il vit à cet instant la femme qui s'avançait vers lui en hésitant.

— Les jeunes filles ne sont pas là ?

C'était une femme corpulente, d'une soixantaine d'années, avec un chignon vigoureusement noué sur la nuque et elle n'était pas seule. A son bras droit pendait un sac en imitation crocodile et au gauche un mari qui manifestement venait contre son gré.

— Non, mais je suis l'une d'elles, répondit l'inspecteur.

— Chérie, on lave son linge sale en famille, dit le mari.

— Assieds-toi, Hipolito. Et ne parle pas avant que l'inspecteur te le permette, ordonna la femme.

Hipolito commença à se ronger les ongles tandis que sa femme ouvrait son portefeuille et cherchait quelque chose, finalement elle tendit une feuille de papier.

— Regardez ça.

C'était une facture de téléphone assez élevée. Il y avait là-dedans au moins deux mois de salaire d'un inspecteur. Hipolito commença à sangloter.

— C'est beaucoup d'argent, apprécia l'inspecteur.

— Encore plus. Regardez le détail des appels.

L'inspecteur réexamina la facture. Il y avait le relevé détaillé des appels sur un mois. En majorité courts, deux minutes, mais il y en avait trois qui se taillaient la part du lion.

— Vous comprenez ce qu'a fait ce cochon ? dit la femme en menaçant Hipolito de lui flanquer une gifle.

L'inspecteur haussa les épaules.

— On l'a embobiné, ratissé, escroqué. Ce misérable qui cherche ailleurs ce qu'il a gratuitement à la maison, fréquente des femmes de mauvaise vie par téléphone.

— Vous faites ça, Hipolito ? dit-il juste pour dire quelque chose parce que le retour des femmes policiers l'empêchait d'éclater de rire.

— Alors, qu'est-ce que vous attendez pour aller arrêter ces putains ? demanda la femme avec défi.

— Madame, ça c'est une réclamation pour le comité de Défense du Consommateur, à condition que votre mari déclare qu'on l'a escroqué, que les services rendus ne correspondaient pas à ce qui était promis. En plus il n'y a pas de loi qui empêche Hipolito de se branler comme ça lui plaît.

La femme sortit en trombe, en maudissant les Indiens de l'Amérique tout entière, son mari toujours pendu à son bras gauche, et l'inspecteur se mit un sachet de bicarbonate dans la bouche.

— Qu'est-ce que c'est ça ? De la coke ? demanda la commissaire.

— La coke des pauvres. Vous voulez goûter ? demanda l'inspecteur la bouche pleine de mousse.

— Ne mordez pas. Et puisque le premier fait vous est tombé du ciel, examinez les autres pour voir s'il y en a un qui peut devenir une affaire, dit-elle en lui remettant plusieurs dossiers.

Tous portaient la mention « Hot Line ». George Washington Caucaman passa sa journée à étudier les factures de téléphone d'onanistes ayant des problèmes de paiement.

QUATRE. LE PRIX DU PLAISIR

De même que les loteries et les bandits manchots ont encouragé la ludopathie sous licence d'Etat pour le plaisir des banques et des usuriers, les lignes chaudes, les téléphones roses, ont récupéré une pratique sexuelle vieille comme l'humanité, en la soustrayant à la condamnation ecclésiastique et à un apparent monopole de la jeunesse. Le grand problème c'est que la branlette a toujours été gratuite, et que maintenant en revanche, le sexe téléphonique la transforme en plaisir de luxe.

— Les confusions du sexe, Anita, commenta l'inspecteur George Washington Caucaman à sa compagne, pendant que celle-ci examinait ses pieds malmenés.

Anita vivait dans une petite maison du quartier San Isidro et tout son intérieur était fonctionnel et pratique comme elle-même.

— Ecoutez, mon cher ami, lui avait-elle dit dans le café où ils avaient rendez-vous, je crois aux astres, et ils disent que vous et moi nous allons nous retrouver au lit, alors évitons la cérémonie inutile de la conquête, et faisons connaissance de la meilleure manière possible. A la maison j'ai suffisamment de spaghettis et plusieurs bouteilles de vin.

— Je crois qu'on peut se tutoyer maintenant, répondit Caucaman.

A eux deux ils totalisaient quatre-vingts ans, et une telle accumulation de temps prédispose à l'amour sincère, sans cérémonies, sans prouesses et sans excuses, et comme il n'y a rien à perdre, le résultat final est toujours un gain énorme.

— Tu crois réellement que le sexe prête à confusion ? demanda Anita en lui passant la râpe sur les cals.

— Des fois. Je me souviens d'une histoire que m'ont racontée des muletiers en Patagonie. Il y a deux ans, un front de mauvais temps a interrompu les manœuvres d'un régiment d'infanterie à la frontière avec l'Argentine. Il avait plu trente jours et trente nuits sans interruption et un lieutenant est venu demander à un groupe de muletiers comment ils faisaient, eux, pour soulager leurs problèmes de braguette. Ils ont répondu : de la façon la plus connue, et si ça le travaillait beaucoup ils pouvaient lui amener une mule près de la rivière. Le lieutenant refuse, et d'un air dégoûté les traite de vicieux. Un autre mois passe, la neige s'ajoute à la pluie, et le lieutenant revient voir les muletiers. Mort de honte il leur demande de lui amener une mule près de la rivière. Sans comprendre les raisons de cette pudeur, les muletiers lui disent que le lendemain la mule l'attendrait près de la rivière qui continuait à monter. Le lieutenant est là, ponctuel, et après avoir ordonné aux muletiers de se tourner, il baisse ses pantalons et commence à forniquer avec la bête. Alors un des muletier tourne la tête et lui dit : Mon lieutenant, la mule c'est pour traverser la rivière. Le bordel est de l'autre côté.

George Washington Caucaman se réveilla joyeux ce matin-là. Anita lui avait préparé un thermos de café et des tartines grillées, près du lit. Il se leva d'un bond et sentit que ses pieds libérés des cals pouvaient l'emmener n'importe où.

— Fait ou affaire, ces deux-là ont un problème qui vous revient aussi, lui dit la commissaire en lui montrant un couple qui attendait devant son bureau.

— C'est vous l'expert en hot line, les lignes chaudes ?

— J'ai suivi des pistes chaudes pendant quinze ans, répondit l'inspecteur, en se souvenant des coups au cœur qu'il avait eus tant de fois en palpant les bouses fraîches et fumantes sur un sentier de montagne.

Il les fit asseoir. La femme n'était pas très grande, elle devait avoir quarante-cinq ans, et malgré les soucis qui marquaient son visage, elle se savait séduisante, dans la meilleure partie de sa vie et voulait que ça dure. Elle s'assit avec des mouvements délicats, et l'homme, du même âge, maigre, qui n'arrêtait pas de se frotter les mains, préféra rester debout.

— Monsieur aussi a exagéré avec la facture du téléphone ? dit l'inspecteur pour rompre la glace.

— Non, au contraire. Pour la première fois de notre vie nous ne sommes pas dans le rouge, dit l'homme.

— J'aimerais bien avoir ce genre de problème.

— Ce n'est pas ça. Il s'agit d'une histoire compliquée et il vaudrait mieux que ce soit moi qui l'explique, dit la femme en cherchant ses cigarettes.

George Washington Caucaman lui approcha le cendrier et prit son carnet de notes.

— Je m'appelle Maria Lombardi et mon compagnon Sergio Tellez. Nous ne sommes pas mariés mais nous vivons ensemble depuis presque vingt-trois ans. Entre 1975 et 1989 nous avons vécu à l'étranger, en exil. Nous étions acteurs et après le coup d'Etat, pardon on dit le gouvernement autoritaire maintenant, nous nous sommes retrouvés sans travail, nous étions sur la liste noire. Nous avons dû partir, d'abord en Colombie et ensuite en France. En 89 nous sommes revenus avec toutes nos économies, pour refaire du théâtre, mais le pays avait changé, tous nos vieux camarades défendaient leur morceau bec et ongles, et l'exil nous marquait du stigmate des pestiférés. Nous avons dépensé nos économies à chercher du travail et nous étions sur le point de repartir quand nous avons découvert que la peur du sida, d'une part et la modernité du pays, de l'autre, avaient initié les

Chiliens au sexe par téléphone. C'est comme ça que, pour survivre, nous avons ouvert une ligne chaude, une hot line.

George Washington Caucaman prenait des notes et se demandait comment diable fonctionnaient les lignes chaudes. Il avait toujours utilisé le téléphone pour les fins que Graham Bell avait prévues en l'inventant. Peut-être que ces deux-là avaient quelque chose à voir avec le drame d'Hipolito.

— Et tout marchait très bien jusqu'à il y a quelques jours, ajouta l'homme.

— Des clients qui refusent de régler la facture parce qu'ils la trouvent excessive ?

— Non, nous n'avons jamais eu de plaintes à ce sujet. Nous avons une clientèle fidèle, qui a toujours été satisfaite par la prestation, indiqua la femme.

Ligne chaude, hot line. George Washington Caucaman leur demanda de lui expliquer en détail le fonctionnement de l'affaire, et la femme prit en main la partie pédagogique.

— C'est comme une maison close virtuelle. Sans miroirs, sans salons rouges, sans maison. Nous ne vendons pas notre corps en faisant cela, nous offrons de l'imagination et nous stimulons la fantaisie érotique du client. Par exemple : un homme appelle et il veut savoir comment je suis habillée. Je lui demande comment il veut me voir, et s'il dit en mini-jupe, je lui dis que j'ai une mini-jupe si courte qu'elle me couvre à peine les fesses et que je ne porte pas de culotte. Mais en réalité je n'ai pas enlevé mon jogging, le meilleur vêtement pour rester à la maison. Pour certains je suis blonde, pour d'autres brune, rousse, chauve, je mesure deux mètres, je suis une naine, maigre ou grosse, j'ai de la poitrine ou je suis plate, j'ai soixante-dix ans ou je suis une jeune vierge.

— Et monsieur, il répond aux appels des dames ?

— Au début on a essayé, mais la libération de la femme est contre cette affaire, philosopha l'homme, on peut dire que je suis le technicien du son. Il y a des types qui la veulent sous la douche ou dans un jacuzzi, alors je fais tomber de l'eau avec un arrosoir dans le lavabo pendant qu'elle décrit comment elle se masse avec une éponge. Il y en a d'autres qui la veulent dans une étable avec des chevaux, des ânes, des vaches. Je hennis, je braie, je fais le galop avec les doigts sur la table.

— Tout ça est très instructif, mais je voudrais bien savoir ce que vous venez faire ici. Vous êtes au commissariat chargé des enquêtes sur les crimes sexuels, précisa l'inspecteur.

— Ça fait à peu près une semaine que nous avons commencé à recevoir des appels d'un type bizarre. Il ne paie pas pour entendre mais pour que, nous, on l'écoute.

— Tous les goûts sont dans la nature. Et tant qu'il vous paie je ne vois pas de quoi vous vous plaignez.

— C'est qu'il nous persécute. On a changé deux fois de numéro de téléphone, mais c'est inutile. On a entendu des horreurs, dit la femme en essuyant deux larmes qui déconcertèrent l'inspecteur.

De quelque part au fond de la ville lui parvint l'incomparable puanteur du fumier, et il se dit qu'il était devant une affaire.

CINQ. DES VOIX DU TEMPS

L'inspecteur George Washington Caucaman tapa son maigre rapport sur la visite des acteurs reconvertis dans le sexe téléphonique, et termina en indiquant qu'il se rendrait l'après-midi au studio – il eut envie d'écrire maison close virtuelle – pour être témoin des appels qu'il qualifia d'obscènes et inquiétants. Avant de quitter sa table il regarda l'objet qu'avait laissé le couple, et comme il ne savait pas s'il devait l'appeler bande ou cassette, il décida de l'écouter avant de le répertorier comme preuve éventuelle.

La commissaire lut, dit que ce qui serait vraiment inquiétant c'est qu'on récite le chapelet à ces porcs, au téléphone, et lui demanda s'il savait conduire, car il avait le droit d'utiliser une des voitures de patrouille.

— Nous, les inspecteurs ruraux, nous savons conduire les autos, les camions, les chevaux, les hors-bord, les petits avions. Mais, moi, je préfère marcher si ça ne vous dérange pas.

Anita passa le prendre à midi. Elle avait un panier avec des sandwichs, un thermos de café et des oranges. Il pleuvait sur la ville et l'odeur d'humidité rendait l'air presque respirable.

— On va dans un endroit près du ciel, dit Anita et elle démarra.

Au sommet de la colline San Cristobal ils se sentirent joyeusement seuls. Cent mètres plus bas les pentes de la colline disparaissaient dans des nuages de gaz qui recouvraient tout. Ils savaient que par là, plus bas il y avait le zoo, l'œnothèque, les jardins du quartier Bellavista, la ville triste et grise du mois d'août.

— J'aime cet endroit, dit l'inspecteur.

— Moi aussi. J'y viens dès que je peux. J'imagine qu'un grand vent va soudain souffler du Pacifique, qu'il emportera le nuage de smog, et qu'en redescendant je trouverai la ville que j'ai perdue en 73, avoua Anita en épluchant une orange.

— Eh bien. Toi aussi tu fais partie de la bande des perdants.

— Et j'ai beaucoup perdu. Un compagnon par exemple. Il s'appelait Moïse Panquilef, Mapuche comme toi. Qu'est-ce que tu veux dire par là : moi aussi je fais partie de la bande des perdants ?

— Aujourd'hui j'ai rencontré un couple d'acteurs exilés qui sont revenus dans une ville qui ne les a pas reconnus. Je regrette pour ton compagnon.

— Moi aussi. Nous nous sommes connus à la fac, en pédagogie, ensuite nous avons vécu cinq ans ensemble, jusqu'à ce qu'un jour de novembre 73 on l'emmène de l'école où il enseignait et il a disparu. Et toi, George Washington Caucaman, qui es-tu ?

— Je suis le fils d'un boulanger Mapuche qui lisait *Selection du Reader Digest*. D'où mon nom. J'ai un frère qui s'appelle Benjamin Constant Caucaman. Un jour mon vieux a décidé que les Mapuches ne survivraient que s'ils se rangeaient du côté de la loi. C'est comme ça que je suis devenu inspecteur de police et mon frère carabinier.

Il pleuvait et on était bien dans l'auto, à l'abri du monde, protégés par le rideau d'eau qui glissait sur le pare-brise. Anita mit une cassette de Los Panchos et servit deux tasses de café.

— J'aimerais écouter quelque chose, dit l'inspecteur en sortant la bande que lui avaient donnée les acteurs.

Le temps a mille voix et certaines sont cruelles. Cette voix du temps était masculine, rauque, pleine d'assurance, elle s'adressait aux homosexuels, aux putes, aux curés rouges, en affirmant que bientôt ils allaient payer leur immoralité et leur traîtrise envers la patrie. Puis il y avait un morceau de *Venceremos*, quelques phrases du dernier discours d'Allende et ensuite les pleurs, les cris désespérés, les prières, les hurlements, les respirations haletantes et presque animales de ceux qu'on arrache à l'évanouissement pour les renvoyer entre les griffes de la douleur.

Anita arracha la bande du lecteur de cassette.

— Attends, ne l'abîme pas, dit l'inspecteur.

— Qui est le taré qui a fait ça ? demanda-t-elle, tandis qu'une grimace de pleurs déformait son visage.

George Washington Caucaman chercha un sachet de bicarbonate et l'introduisit dans sa bouche. Pendant que le miracle effervescent faisait son effet, il se rappela les paroles du commissaire rural, prononcées quelque deux ans après le coup d'Etat militaire. Il assurait qu'ils allaient se retrouver dans le pire des services mais qu'ils auraient les mains propres, et que comme ça quand la terreur militaire se dissiperait, ils pourraient montrer au pays la dignité simple des mains propres.

— Ce sont les acteurs dont je t'ai parlé qui me l'ont donnée.

— Tu sais d'où viennent ces cris ?

— Je suppose. C'est peut-être un montage.

— Non ! Ce sont des cris de gens qu'on torture. Je connais ces cris parce que je suis passée par l'enfer. J'ai été deux mois à la Villa Grimaldi, cria Anita sans se préoccuper de ses larmes, et l'auto devint trop petite, car tous les fantômes de la peur s'y réfugièrent.

— C'est fini, Anita, dit-il en l'embrassant, et il eut immédiatement honte de ses paroles. Il ne lui restait plus qu'à dire « maintenant nous sommes en démocratie et nous devons pardonner à ceux qui nous ont fait du mal. »

— Qu'est-ce que tu vas faire de la bande ? demanda Anita en essuyant ses larmes.

— C'est une preuve légale. Elle appartient à l'instruction, s'il y en a une.

— Il n'y en aura pas. Les militaires sont intouchables.

La pluie avait cessé. Un oiseau de proie traversa la partie du ciel encadrée par le pare-brise. Il volait si haut que George Washington Caucaman ne réussit pas à l'identifier. Cela pouvait être un aigle, un *chimango* ou un faucon des Andes. Quel qu'il fut, il dit à l'inspecteur que l'heure de sortir du confortable cocon de l'innocence, du « moi je ne me suis pas sali les mains », était peut-être arrivée, et il lui dit surtout que c'était le moment de comprendre une bonne fois pour toutes que, quand la merde éclabousse, elle salit tout le monde.

— Où est-ce qu'on peut faire une bonne copie de cette bande ? demanda l'inspecteur.

La maison de Radio Tierra se trouvait au pied de la colline de San Cristobal. C'était une radio de femmes, faite et dirigée par des femmes, et qui se chargeait de rappeler aux femmes qu'elles aussi appartenaient au genre humain. Anita fut accueillie avec des marques d'affection. Une opératrice du son prit la bande et la rendit quelques instants plus tard avec une copie.

— Elle est plus nette que l'original. J'ai enlevé les bruits parasites de l'enregistrement.

Anita retourna à sa chasse aux passagers dans les

rues déjà sombres de la ville, et l'inspecteur marcha jusqu'au studio ou bordel virtuel des acteurs.

Ils lui offrirent un siège dans une salle de séjour, comme celle de n'importe quel appartement. Un canapé, deux fauteuils, beaucoup de coussins, une reproduction de *Guernica*, une étagère avec des livres et des bibelots, et sur la table au centre, le téléphone, connecté à un magnétophone avec un haut parleur. Il vit aussi d'autres objets parmi lesquels il reconnut des dés à coudre, des clochettes, un arrosoir et une cuvette avec de l'eau.

— C'est pourquoi ces planches métalliques ? interrogea-t-il.

— Je fais le bruit du tonnerre. Il y a des types qui la veulent nue en train de courir sous l'orage, l'informa l'homme.

La femme portait un survêtement bleu et avait ramassé ses cheveux en une queue de cheval qui tombait dans son dos. Elle n'avait pas l'air précisément érotique. Elle lui fit signe de s'asseoir dans l'un des fauteuils lorsque le téléphone sonna.

— Allô Ernesto, encore toi ? Vicieux. Hier tu m'as presque tuée. Tu veux recommencer ? Tu es mon homme, mon mâle, oui je te sens, elle est énorme, tu me fais peur, tu vas me déformer, attends, j'enlève ma culotte, maintenant, oui, Ernesto...

Ernesto resta trois minutes au bout du fil. Avec un stylo en travers de la bouche, la femme lui demandait de la laisser respirer, sa queue l'étouffait, et elle l'enjoignait de ne pas éjaculer encore, jusqu'à ce qu'un son guttural fasse comprendre qu'Ernesto n'avait plus de pièces.

— Trois minutes. Le temps d'une cigarette, commenta l'homme.

— Vous avez écouté la bande ? demanda la femme.

— Je crois que nous savons tous de quoi il s'agit, répondit l'inspecteur, mais il ne put poursuivre car le téléphone sonna à nouveau.

— Neuf heures. Il appelle toujours à neuf heures, dit l'homme.

— Ça va grand pédé ? Et toi la pute communiste ? Vous attendiez mon appel ? dit la voix masculine, sèche, rauque et pleine d'assurance. J'aime les surprises, mais des minables comme vous ne peuvent pas me surprendre. Je sais que vous m'avez dénoncé et que vous êtes avec un Indien de merde. Tu es là l'Indien ? Je me réjouis parce que bientôt c'est toi qui seras à mon programme, menaça la voix et elle déchaîna les monstres de l'horreur.

SIX. L'HEURE DES POUBELLES

Le couple d'acteurs eut une réaction hystérique. Sans cesser de répéter que rien n'avait changé dans ce pays de merde, que tout, la maison, la police, l'air même était contrôlé par les militaires, ils remplirent une paire de valises et sortirent sans même fermer la porte.

L'inspecteur George Washington Caucaman resta seul, il ouvrit lentement un sachet de bicarbonate et pensa que le propriétaire de cette voix venait de commettre une grave erreur. Mais tout de suite après la récompense effervescente il se dit que cet homme tenait la queue de la poêle, et se payait le luxe de nouer pour lui les deux extrémités de l'écheveau, et aux deux extrémités il y avait les militaires. Les responsables du centre de torture et les menaçants vengeurs du cul de Manuel Canteras.

Il appela Anita Ledesma d'un téléphone public.

— Laisse ce que tu es en train de faire et va à la radio. Je crois que c'est le seul endroit sûr, dit l'inspecteur.

— J'y suis déjà, répondit Anita d'une voix sombre.

— Il y a eu de la visite chez toi ?

— Ils ont égorgé le chien et ils ont rempli son corps de branches.

— Avec des feuilles longues et très lisses. Ne bouge pas d'où tu es.

Des branches de cannelier, l'arbre sacré des Mapuches. Le message était clair : il n'y avait pas de pouvoir capable de le protéger.

De la cabine il vit l'auto arrêtée à quelques mètres. Il pouvait marcher comme s'il ne les avait pas vus et au premier coin de rue se mettre à courir et les semer, mais ce serait inutile. Il y avait sûrement une deuxième voiture pas loin et ils communiquaient entre eux.

L'inspecteur George Washington Caucaman se souvint avec tendresse des bandits de Patagonie. Lorsque le silence leur donnait l'assurance qu'ils étaient encerclés, ils tiraient avec leurs armes vers les quatre points cardinaux. Il y avait toujours un policier novice ou nerveux pour leur répondre, et alors ils trouvaient le chemin de la fuite.

Il sortit de la cabine et se mit à marcher vers l'auto. Le froid de la nuit permettait de voir clairement la fumée bleue qui sortait du pot d'échappement. A six pas il vit que le conducteur était accompagné. A quatre pas il vit que sur le siège arrière il n'y avait qu'un seul homme, assez gros. A deux pas il vit que le compagnon du conducteur était le type qui lui avait pris sa fourchette l'avant-veille. Comme il frôlait presque les pare-chocs, il entendit les vitres automatiques qui s'ouvraient. Alors il prit son .38 et tira deux fois à travers la vitre avant. Le maigre à la fourchette ne gâcherait plus le dîner de personne, la balle était entrée par une oreille et avait emporté un quart de la nuque en sortant. Le conducteur non plus ne reprendrait plus le volant, il n'y pensait même pas. Toute son attention était occupée à boucher le trou de sa gorge d'où sa vie s'échappait à flots. L'homme à l'arrière était un gros qui, cramponné à une kalashnikov sans crosse, clignait des yeux pour enlever les restes de sang et de matière cérébrale qui lui couvraient la figure. Le .38 de l'inspecteur enfoncé dans sa gorge le fit lâcher le fusil et sortir de l'auto.

— Tu conduis ou pas ? demanda l'inspecteur en poussant le revolver.

Deux coups de feu dans une rue déserte et qui restait déserte. Deux corps sur l'asphalte salués par les fenêtres qui se fermaient, les lumières qu'éteignait la main de la peur.

— Ne me tue pas, murmura le gros en nettoyant le sang du volant avec sa cravate.

— Si tu descends en dessous de 80 à l'heure, tu sais ce qui t'attend.

L'auto parcourut des rues vides, silencieuses. Seul le « Vipère deux, répondez, qu'est-ce qui se passe Vipère deux ? Répondez » sortant par intermittence de la radio rompait la monotonie du voyage.

— On va vers où ? demanda l'inspecteur.

— Vers l'est du côté de la cordillère, répondit le gros.

— Dis-leur d'aller vers la Gare Centrale.

Un quart du canon enfoncé dans l'oreille, le gros répondit à Vipère un. En arrivant dans un parc avec de grands arbres énormes, l'inspecteur lui ordonna d'arrêter l'auto.

— Enlève ta veste.

— Ne me tue pas. Au nom du ciel, ne me tue pas !

— Nettoie le sang du pare-brise imbécile. Tu veux qu'on aie un accident ? Tu as un téléphone ? Qu'est-ce que c'est cette lumière blanche là-haut ?

— Derrière il y a un portable. C'est la vierge de la colline de San Cristobal. Ne me tue pas.

— Qu'est-ce que tu attends ? A San Cristobal.

Encore des rues et des avenues désertes. Seuls quelques chiens errants osaient briser la normalité de la peur. Ils arrivèrent au pied de la colline.

— Il y a des gardes à l'entrée ?

— Pas à cette heure-ci.

Ils commencèrent à monter la route étroite bordée d'arbres aussi vieux que la ville. Une bruine triste rendait la marche difficile, les roues glissaient, mais le .38 dans l'oreille fit du gros un pilote de Formule 1.

Au sommet, il ordonna au gros de descendre et l'attacha avec ses menottes autour d'un arbre. Après avoir contrôlé la batterie du portable, il appela Anita.

— Ecoute-moi sans poser de question. J'ai

refait notre promenade et j'y reste. J'ai besoin de beaucoup de gens à 7 heures du matin. Que tous amènent des transistors branchés sur votre station de radio, et que les techniciens soient prêts à enregistrer une conversation et à la diffuser à 7h05.

— J'ai compris, je t'aime, Indien.

— Salut. Moi aussi je t'aime, *huinca*.

L'inspecteur George Washington Caucaman rechargea son .38, fouilla les poches du gros, trouva des cigarettes et une flasque de whisky.

— La nuit sera longue, mon gros, essaye de dormir.

Et elle le fut. Une longue nuit, froide et pluvieuse. George Washington Caucaman alluma tous les cierges qu'il trouva au pied de la vierge, qui plus haut ouvrait les bras pour bénir la ville maudite.

A six heures du matin, le gros dormait à genoux, enlacé à son arbre. Il le réveilla d'un coup de pied et se dirigea vers l'auto. Il prit le micro et dit :

— Ici Vipère deux. Vipère un, répondez.

— L'Indien ? Tu ne t'en tireras pas. Tu vas regretter d'être né, aboya Vipère un.

— Je veux parler au général Canteras ou il y aura un troisième mort, ordonna-t-il en visant le gros avec son .38.

— Comment tu oses, Indien de merde ? aboya alors la même voix rauque, sèche et masculine du premier appel menaçant, la même voix que le présentateur de bandes d'horreur.

— Je sais tout, mon général. Ça n'était pas difficile de reconnaître votre voix de salaud et deux bandes ont été remises à la presse. Négocions. Je vous attends dans une heure sous la vierge de San Cristobal. Pas une minute de plus.

— Tu es fou, Indien. Le général va te tuer tout de suite, dit le gros.

Les minutes qui séparent la vie de la mort passent rapidement. A sept heures moins cinq il vit arriver la Mercedes Benz du général. Une timide luminosité diurne s'insinuait entre les branches des arbres. Le général Manuel Canteras descendit de l'auto. Il portait un manteau marron et un chapeau de la même couleur. Les cris du gros attaché à son arbre ne ralentirent pas son pas décidé.

— Maintenant, Anita, commencez à enregistrer, dit l'inspecteur en mettant le portable dans la poche supérieure de sa veste.

— Tu es foutu, Indien, le salua le général.

— Je sais perdre. Les Indiens ont toujours perdu. Vous allez m'emmener avec les autres torturés pour que je participe à votre programme ?

— Certainement. C'est mon butin de guerre. Annibal, César, Hitler et Franco, tous les grands soldats ont mis des prisonniers dans leur butin. Franco leur a fait construire le *Valle de los Caidos**. Moi je m'en sers pour faire respecter le pouvoir.

* Valle de los Caidos : symbole du franquisme. Grande nécropole élevée par Franco aux morts de la guerre civile espagnole et construite par les prisonniers républicains.

Le général Canteras interrompit son discours pour tourner la tête. Du bois alentour sortaient des femmes, des dizaines de femmes, la tête couverte de foulards blancs et brandissant les portraits de leurs parents disparus.

— Qu'est-ce qui se passe ? aboya-t-il à ses gardes du corps.

A un signe de George Washington Caucaman, les femmes allumèrent leurs transistors et le général entendit sa confession multipliée.

— Maudit Indien. J'aurais pu te tuer n'importe quand.

Des carabiniers ensommeillés et troublés s'approchaient au pas de gymnastique. L'inspecteur montra sa plaque à la lumière du matin et cria à pleine voix :

— Police, vous êtes en état d'arrestation, mon général !

Le jour se levait sur Santiago et comme toujours à cette heure, on ramassait les ordures pour suggérer un peu de décence.

YACARÉ

Le long adieu

Le garçon s'approcha du groupe de cadres assis à la grande table et avec des gestes rapides, précis, imposés par les habitudes du patron abstinent, remplaça la coupe de champagne par un verre d'eau minérale.

Don Vittorio Brunni acquiesça d'un léger hochement de tête et essaya de marmonner une formule de remerciement, mais il n'eut pas le temps d'ouvrir la bouche, car à cet instant précis l'homme qui occupait le fauteuil roulant se pencha vers lui et lui susurra quelque chose à l'oreille. Alors don Vittorio Brunni posa son regard fatigué sur les lunettes noires qui cachaient la cécité de son compagnon invalide.

— Tu me regardes avec peur, je peux le sentir, ne sois pas stupide, Vittorio, murmura l'aveugle.

Don Vittorio détourna son regard et l'orienta vers les nombreux invités qui emplissaient la salle.

Les cadres des Maroquineries Brunni tournaient le dos à une structure d'aluminium et de verre qui formait le mur latéral de la grande salle. Deux portes entrouvertes précisément derrière eux leur permettaient d'être les seuls à profiter un peu de l'air humide de Milan. Le reste de l'assemblée supportait stoïquement la température élevée provoquée par les lampes halogènes et les projecteurs de télévision.

— Ils attendent, Vittorio, murmura l'infirme.

Don Vittorio Brunni leva sa coupe et regarda son contenu comme s'il cherchait dans les bulles les mots nécessaires, mais tout ce qu'il trouva ce fut un argument pour un long adieu définitif qu'il ne réussit pas à prononcer, car pas une syllabe, même d'alarme ou de douleur ne s'échappa de ses lèvres. Il porta seulement sa main droite à sa nuque comme pour chasser un insecte importun et il s'écroula sur les coupes et les canapés au saumon.

— Vittorio, s'exclama le vieux dans son fauteuil roulant, et un épais parfum de lavande l'informa que le chef de ses gardes du corps le sortait de là à toute vitesse.

Le commissaire Arpaia rajusta ses lunettes d'écaille et gratta sa barbe de trois jours. En réalité sa barbe ne poussait pas plus, malgré sa persévérance et les litres de lotion capillaire dont il s'inondait quotidiennement le visage.

— Pourquoi, vous n'essayez pas de la boire, Chef ? lui suggérait Pietro Chielli, le corpulent inspecteur que ses collègues de la Brigade criminelle avaient surnommé Il Bambino di Brooklyn.

— Et tes cours d'aérobic, ça marche ? répondait Arpaia d'un air bienveillant.

La femme qui se trouvait de l'autre côté de son bureau était décidément belle, et le commissaire Arpaia aurait aimé la connaître ailleurs, à la sortie d'un cinéma, par exemple, mais elle était là, dans son bureau de la Brigade criminelle, et elle l'observait de ses yeux verts inquisiteurs.

— Vous savez que vous êtes très élégant pour un simple commissaire de police ? commenta Ornella Brunni en allumant une cigarette.

Arpaia haussa les épaules, eut honte du panneau « Interdit de fumer » suspendu derrière son fauteuil et il enleva ses lunettes.

— Mademoiselle, vous n'obtiendrez rien par la flatterie, car il n'y a rien à obtenir. Si vous me faites le plaisir de quitter mon bureau, je vous promets une fois de plus de vous tenir informée de tout élément nouveau.

— Il y a presque vingt-quatre heures que mon père a été assassiné, et vous n'avez pas encore remué le petit doigt, lui reprocha Ornella Brunni.

— Nous n'avons pas le moindre indice qu'il s'agisse d'un crime. Nous attendons les résultats de l'autopsie pour décider de notre attitude. S'il vous plaît, allez-vous-en, j'ai beaucoup de travail.

— Je me moque que vous trouviez le ou les assassins. Je veux savoir pourquoi on l'a tué, insista la femme.

— Comme vous voudrez. Mais nous devons d'abord connaître le résultat de l'autopsie. Ne m'obligez pas à vous faire sortir d'ici par la force, implora le commissaire Arpaia.

La femme soupira, écrasa son mégot avec son pied et se leva de sa chaise avec des mouvements félins.

Arpaia, lui aussi, soupira, mais ne bougea pas de son siège.

Dès qu'Ornella Brunni eut fermé la porte, le commissaire Arpaia tendit sa main vers l'Interphone.

— Chielli ? Double dose et vite, ordonna-t-il.

Peu après, les cent soixante kilos de l'inspecteur Chielli occupaient le cadre de la porte. Dans la main droite il tenait une tasse de café et dans la gauche un numéro de *Il Manifesto*.

— Cette fille va nous donner du fil à retordre, Chef. Lisez ce qu'elle a écrit sur l'assassinat de son père, dit Chielli en jetant le journal sur le bureau.

— Je sais tout ça par cœur, répondit Arpaia en buvant son café d'un coup.

Chielli prit la tasse vide et en observa le fond avec attention.

— On va avoir de la visite, Chef, de l'étranger.

— Comment tu sais ça ? De quoi tu parles ?

— C'est le marc du café qui le dit. Une gitane m'a appris à lire dedans. Je peux aussi voir l'avenir, vous voulez savoir quelque chose sur votre futur ?

— Va te faire foutre avec tes sorcelleries, lui cria Arpaia en refusant de regarder le fond de la tasse, où le dépôt prémonitoire dessinait peut-être l'image de Dany Contreras, qui, à mille cinq cents kilomètres de là, regardait léviter les gros flocons de neige, soulevés par le vent, et qui par moment ne lui laissaient voir qu'une brume mouvante s'interposant entre sa fenêtre et la ville de Zurich.

Dany Contreras occupait un bureau confortable au quatrième étage du siège des Assurances helvétiques et il s'y sentait bien, surtout dans le froid de l'hiver. Contreras haïssait le froid, il le considérait comme une offense personnelle, car il soupçonnait les pires malheurs de ne se produire que quand il fait froid. Sans aller plus loin, son ex-femme avait choisi précisément un jour d'hiver pour prendre un amant. Si elle l'avait fait en été, par exemple pendant les vacances à Torremolinos, ça n'aurait eu aucune importance, cela aurait fait partie des règles du jeu estival, mais non, il avait fallu qu'elle fasse ça en janvier. Quand il lui avait demandé pourquoi, sûr qu'elle allait lui donner une réponse sensée, si blessante fût-elle, il avait dû se contenter d'un « C'est qu'il faisait tellement froid ! » inattendu.

Contreras regarda les radiateurs blancs avec affection. Sûr que, là-bas, le froid était en train de tramer plus d'un triangle Amant-Epouse frileuse-Cocu. Contreras détestait aussi le froid parce qu'il lui rappelait la ville de Punta Arenas, tout au Sud du monde.

Il y avait quinze ans, un avion l'avait déposé à Zurich, sans billet de retour. Un réfugié de plus au pays des banques et de la Croix-Rouge. Mais son passé chilien de policier de la Brigade criminelle et des cours à Interpol lui avaient évité d'appartenir à la catégorie des étrangers à sale tête, jusqu'à ce qu'un jour, un fonctionnaire illuminé du bureau du Travail avait considéré que son curriculum pouvait intéresser les Assurances helvétiques. Et il était là, protégé par les radiateurs, loin des crachats et de l'urine qu'il avait nettoyés pendant deux ans à la gare Centrale de Zurich. Il aimait ce bureau, car il s'y sentait à l'abri des humiliations et, plus il neigeait, plus il se prenait d'affection pour lui.

L'appel de l'Interphone l'éloigna de la fenêtre.

— Monsieur Zoller veut vous voir tout de suite, dit une voix.

Georges Zoller lui indiqua une chaise tout en rangeant des papiers sur son bureau.

— Vous connaissez Milan ? Ça ne fait rien. Ecoutez-moi bien, Contreras, je vais vous raconter une histoire. En 1925 est arrivé dans cette vallée de larmes un individu qu'on a baptisé Vittorio Brunni. Il a fait ses premiers cacas dans une maison de famille estimée aujourd'hui à six millions de francs, des nôtres, pas la roupie de sansonnet française. En 1950 il a hérité de cinquante pour cent des Maroquineries Brunni, avec un capital déclaré de dix millions de francs. Le reste a été réparti entre ses frères qui, généreusement, lui ont, au cours des années, vendu leurs parts. L'entreprise a toujours eu le vent en poupe et, en 1975, il s'est associé à égalité avec Carlo Ciccarelli, un autre magnat des peaux, et ils ont doublé le capital. Trois ans plus tard, Béni soit le Seigneur, les Maroquineries

Brunni ont signé avec les Assurances helvétiques un contrat pour tous leurs biens d'infrastructure et de transport. Les relations entre les Maroquineries Brunni et la maison qui nous nourrit ont toujours été irréprochables, ce qu'on appelle un modèle de correction, mais – et ceci ne signifie pas que nous ayons eu le moindre contretemps – il y a moins de quatre mois Vittorio Brunni a aussi signé un contrat d'assurance-vie pour un million de francs. Ce qui est curieux c'est que les bénéficiaires ne sont pas la famille, la femme et la fille, ses légataires universels, mais une personne, domiciliée quelque part dans le Pantanal, et appelée Manai, comme ça tout court, Manai, dont on ne sait rien, même pas si c'est un homme ou une femme. Le contrat nous fait l'obligation, en cas de mort naturelle ou accidentelle, de trouver cette personne et de lui offrir un petit million. Et abracadabra... Qu'est-ce que vous en pensez ?

— Bizarre. Pourquoi il n'a pas mis Manai dans son testament ? Il aurait économisé les primes. On sait bien que les millionnaires ne dilapident pas leur argent pour le plaisir, réfléchit Contreras.

— Un caprice, je suppose. Le rapport économique, un certificat de santé de fer et l'acceptation d'une clause nous autorisant à exiger une autopsie nous ont fait accepter. Nous n'avons pas posé de questions. Nous sommes en Suisse et notre économie se nourrit de la discrétion. De plus, on autorise toujours un client italien a avoir un bénéficiaire en sous-main. On ne peut pas critiquer les méditerranéens pour une petite aventure et encore moins quelqu'un qui exporte tous les ans plusieurs millions de francs.

— Mais il y a quelque chose qui ne colle pas et vous empêche de dormir.

— Eh oui, Contreras. Vittorio Brunni est mort, subitement. On ne sait pas de quoi et logiquement nous avons demandé une autopsie. Nous attendons les résultats et nous croisons les doigts pour qu'elle nous soit favorable. Contreras, vous, moi et tous les enquêteurs privés nous vivons de la perversité. Vous me comprenez ?

— Je le crains.

— Je m'en réjouis. Si nous réussissons à garder ce million, la maison nous donne une prime de dix pour cent, qui sera répartie selon les règles sacro-saintes de la hiérarchie... Alors, Contreras, on se boit un cognac ? Vous et moi nous voulons donc prouver que Vittorio Brunni a été assassiné.

— Et si ce n'est pas le cas ? osa demander Contreras.

— Alors on vous offrira un casque colonial pour aller chercher cette aiguille qui s'appelle Manai au fin fond du Pantanal.

Un aveugle avec un pistolet

En descendant du taxi, Dany Contreras sentit que le froid humide de Milan pénétrait ses os. Il paya, et remontant le col de son manteau, se dirigea vers la porte de la villa. Il n'avait pas encore sonné que deux molosses passaient leur grosse tête entre les barreaux de fer forgé. Contreras recula, envahi par une brusque vague de chaleur.

— Angelico, Divino, sages ! ordonna une voix et les chiens obéirent.

Celui qui manifestait cette autorité était un type grand comme une armoire à glace. Dans une main il tenait un talkie-walkie et dans l'autre un fusil à deux canons.

— Ce n'est pas sain de venir sans s'annoncer. Qu'est-ce que vous voulez ? demanda-t-il aussi poliment que possible.

— Don Carlo Ciccarelli m'attend.

L'armoire lui demanda son nom, consulta par téléphone quelqu'un à l'intérieur de la villa et ouvrit ensuite la porte avec une télécommande.

Contreras fit deux pas en entendant le grondement méfiant des molosses.

— Suivez-moi et ne vous éloignez pas de moi, indiqua l'armoire.

Ils prirent un sentier bordé d'arbres dénudés. En été ce devait être une belle allée, supposa Contreras, mais ses réflexions esthétiques furent interrompues à leur arrivée sur une esplanade couverte de gazon. Au milieu de l'esplanade, dans son fauteuil roulant, se trouvait Carlo Ciccarelli. Une couverture écossaise recouvrait ses jambes, des lunettes noires cachaient ses yeux et il tenait à la main un Walther 9 mm.

— Ne bougez pas, ordonna l'armoire.

Contreras s'arrêta. Un homme fit tourner le fauteuil roulant avec des mouvements énergiques tandis que l'invalide continuait à empoigner l'arme.

Soudain, un autre homme courut et posa un magnétophone sur le gazon. Il s'éloigna en courant et s'approcha de l'invalide dont le fauteuil avait cessé de tourner. Une voix à peine audible sortait du magnétophone. L'invalide remua lentement la tête, leva l'arme et pressa la gâchette. La voix se tut au moment où l'appareil explosait en mille morceaux.

— Maintenant, suivez-moi, ordonna de nouveau l'armoire.

Dany Contreras serra la main osseuse et froide de l'invalide tandis que l'homme qui se trouvait près de la chaise rangeait le Walther dans un étui de peau.

— Contreras, Chilien, quarante-cinq ans, ex-policier, parle allemand, français et italien. J'ai demandé un rapport sur vous en apprenant que vous veniez. Vous m'excuserez mais un aveugle doit prendre des précautions, expliqua Ciccarelli en lâchant sa main.

— Vous tirez très bien pour un aveugle, commenta Contreras.

— Je vous ai déjà dit qu'un aveugle doit prendre des précautions. Venez je vais vous montrer l'endroit où est mort ce pauvre Vittorio.

Contreras suivit l'invalide jusqu'à la porte de la demeure, mais ils n'entrèrent pas. Maintenant l'invalide guidait lui-même le fauteuil roulant avec une grande assurance et, en suivant les murs, il l'amena jusqu'à la porte de l'arrière de la maison. Là se trouvait la grande pergola d'aluminium et de verre dont Contreras pensa que ce serait un endroit extraordinaire pour un restaurant de luxe.

— Vous aimez ? C'est un architecte d'ici qui l'a dessinée et elle est parfaite pour exposer nos produits. Tous les ans nous y présentons nos nouveaux modèles. C'est un vrai malheur ce qui est arrivé à Vittorio, dit l'invalide.

— Et vous qu'est-ce que vous pensez ? De quoi est mort M. Brunni ?

— Fatigue, on appelle ça stress maintenant, épuisement. Vittorio travaillait trop. L'autopsie confirmera mon avis, ou dira quelque chose de ce genre.

— Pourquoi avez-vous ordonné l'autopsie ?

En général c'est la police qui la demande ou des institutions autorisées, comme la nôtre, d'ailleurs nous l'avions demandée.

— Pour gagner du temps. J'étais au courant de l'assurance. Vittorio et moi n'avons jamais eu de secrets l'un pour l'autre. J'ignore comment lui est venue cette folie, mais comme nous ne voulons laisser planer aucune ombre sur le prestige de notre entreprise, j'ai demandé une autopsie. D'ici peu nous saurons de quoi est mort mon associé et comme ça nous pourrons lui donner une sépulture chrétienne. Regardez, Contreras, vous voyez cette tour ?

Contreras regarda dans la direction que lui indiquait la main de l'invalide. A cinquante mètres, une haute tour se dressait comme un spectre gris au milieu du paysage hivernal. On avait étayé la base avec des poutres de bois mais, malgré tout, on remarquait la fatigue latente des pierres.

— C'est comme ça que s'écroulent 2000 ans d'histoire. Ça a d'abord été la maison d'un marchand, puis un temple romain, plus tard une église catholique, jusqu'à ce que les alliés la bombardent. Cette tour est mon orgueil.

L'invalide tournait les verres sombres de ses lunettes vers les ruines et Contreras se demanda s'il était vraiment aveugle. Il eut envie de passer une main devant les lunettes, mais la présence du garde du corps le fit renoncer à cette idée.

— Personne ne peut toucher à ces ruines. Je sais qu'en haut il y a encore une cloche, mais elle y restera jusqu'à ce que le temps décide le contraire. Ces ruines sont mon orgueil et mon caprice. Personne ne peut y toucher. Un jour des crétins d'un programme de conservation des monuments sont venus me proposer une aide pour la restaurer, à moi, moi Carlo Ciccarelli. Je les ai envoyés se faire voir. Ces ruines sont mon orgueil, je ne peux pas les voir, mais je ne peux pas non plus me voir. J'ai oublié comment je suis et comment elles sont ; pourtant je sais qu'elles et moi, nous nous abîmons ensemble, mangés par le temps.

— Le miroir de votre décadence. Ne vous en faites pas, nous sommes tous en décadence, observa Contreras.

— Insolent et cruel. Vous me plaisez Contreras. Bon, on va vite savoir que Vittorio est mort de mort naturelle, aussi vous pouvez préparer vos valises pour le Pantanal. Vous savez où se trouve ce maudit endroit ?

— Non, mais je trouverai, répondit Contreras. Qui est Manai ? S'il n'y avait aucun secret entre le mort et vous, je suppose que vous connaissez le bénéficiaire, non ?

— Vous supposez mal. Je n'en n'ai pas la moindre idée. Et maintenant filez, nous, les vieux, nous devons dormir longtemps.

Contreras sortit de la villa avec un drôle de goût dans la bouche.

Si tout était comme l'assurait Ciccarelli, la compagnie d'assurances économiserait un million de francs, mais le vieux policier qui habitait toujours sa poitrine lui répétait que tout se passait d'une façon trop facile et trop simple.

Quand la grille du portail se ferma derrière lui, Contreras se retourna vers l'armoire qui portait toujours son fusil et lui demanda de lui appeler un taxi. Pour toute réponse l'homme fit un geste d'ennui qui incita les molosses à aboyer.

Cinq cents bons mètres séparaient l'entrée de la villa du premier carrefour. Contreras se mit en marche en maudissant l'humidité qui se collait à son manteau. Il venait d'allumer une cigarette quand il vit une auto s'arrêter près de lui.

— M. Contreras ? dit le gros qui conduisait et occupait presque tout le siège avant. A côté de lui il y avait un type maigre avec une barbe de trois jours.

— Oui, c'est moi, qu'est-ce que vous voulez ? répondit-il alarmé.

— Police, fit le gros en montrant sa plaque.

— S'il vous plaît, montez, nous allons vous ramener à votre hôtel, l'invita avec courtoisie le commissaire Arpaia.

Dany Contreras prit place à l'arrière et après avoir refusé le toscano que lui offrait l'inspecteur Chielli, répéta sa question.

— Parler avec vous, c'est tout, et pardonnez-nous si notre espagnol est très mauvais, s'excusa le commissaire.

— S'il s'agit seulement de parler, je ne vois aucun problème, dit Contreras.

— Qu'est devenu Jorge Toro ? Un grand avant-centre, ce Chilien ! s'exclama l'inspecteur Chielli.

— Tu ne peux pas oublier le foot ? Pardonnez mon collègue, s'excusa de nouveau le commissaire Arpaia.

— Mea culpa. C'est que je suis supporter du Modena. Et il a joué chez nous pendant six ans ! expliqua l'enthousiaste Chielli.

— Sois gentil et conduis lentement sans te prendre pour Fittipaldi, suggéra le commissaire.

— Les Chiliens ont eu un pilote de Formule 1 meilleur que Fittipaldi : il s'appelait Fioravanti, c'est pas vrai, M. Contreras ?

Le commissaire Arpaia porta ses mains à sa tête à la recherche d'une marque de solidarité et Contreras, ému, la lui offrit en lui demandant de quoi ils voulaient parler avec lui.

— De l'autopsie. Pourquoi votre compagnie a-t-elle demandé si vite une autopsie ?

— Question de routine. Mais le mort est maintenant entre les mains du légiste qui travaille pour Carlo Ciccarelli.

Tandis que l'inspecteur Chielli insultait les conducteurs, Arpaia et Contreras découvraient peu à peu que leurs intérêts dans cette affaire étaient antagoniques : par fidélité pour son employeur le détective des Assurances helvétiques souhaitait un assassinat. Et pour des raisons de commodité évidentes le policier penchait pour une mort naturelle. Cependant leur flair commun leur disait que ce puzzle comportait trop de pièces en désordre.

Au centre de Milan, Contreras leur demanda de le laisser près du Duomo. Il voulait marcher et réfléchir avant de voir le légiste.

— Tenez-moi informé. N'oubliez pas que nous sommes sur le même bateau, lui rappela Arpaia en lui disant au revoir.

— Chili, Championnat mondial de Football de 1962. Votre pays a été en demi-finale, troisième place. La sélection chilienne a marqué dix-sept buts, onze de Jorge Toro, signala sur un ton didactique Chielli le sportif.

Contreras parcourut rapidement les dix pâtés de maison qui séparaient le Duomo de hôtel Manin. L'humidité de Milan devenait de plus en plus froide et le gris du ciel semblait présager des dénouements jusqu'ici imprévisibles.

Il demanda ses clefs à la réception et, avec la carte magnétique, on lui remit une enveloppe fermée qu'il décida d'ouvrir au bar devant un verre de Jack Daniel's.

La lettre écrite sur une feuille à en-tête de l'hôtel, était brève, mais son écriture ferme, légèrement inclinée vers la droite, révélait une main volontaire.

Je suis dans votre chambre, aussi ne vous étonnez pas en voyant une étrangère sur votre territoire

Ornella Brunni.

Dany Contreras plia le billet en quatre, le fit disparaître dans une poche et se dirigea vers l'ascenseur. Il allait pénétrer dans la cage lorsque le réceptionniste l'informa qu'il avait un appel pour lui.

— J'ai le résultat de l'autopsie, dit le commissaire Arpaia.

— Et c'est mauvais pour moi, commenta Contreras.

— En effet. Paralysie soudaine des fonctions vitales. On l'appelle aussi mort subite, et ça se produit en général chez les nourrissons. Ça a été un plaisir de vous connaître, M. Contreras.

— On l'enterre quand ?

— Dans quelques heures. Tout est prêt dans le caveau familial.

— Commissaire, tout ça ne vous paraît pas un peu rapide ?

— Et alors ? C'est la vie moderne. On vit et on meurt à la vitesse du son, dit Arpaia sur un ton qui révélait son incrédulité.

LE PAS DU TIGRE.

Ornella mesurait un peu plus d'un mètre soixante-dix ; son joli corps moulé par des jeans serrés et une blouse à réminiscences hippies, faisait penser à un Modigliani peint par Andy Warhol. Elle était étendue sur le lit devant le téléviseur allumé, et les images d'une émission sur la protection des forêts augmentait l'éclat de ses yeux verts. Elle avait placé un blouson de peau marron sous ses pieds pour ne pas salir le couvre-lit avec ses chaussures de marche.

— Vous vous invitez toujours comme ça ? la salua Contreras.

— Pardonnez-moi mais je dois vous parler, et seule à seul, s'excusa la femme en s'asseyant au bord du lit.

— Vous savez que vous vous habillez très mal pour une femme qui vient d'hériter d'une fortune ?

— Je ne toucherai pas une lire de ce sale argent. Ils peuvent se le foutre au cul, déclara la femme en cherchant un paquet de cigarettes dans le blouson.

— C'est de ça que vous vouliez me parler ?

— Non, je voulais vous dire qu'on a tué mon père, mais que ce n'était pas un assassinat ; c'était, disons, une exécution, un acte de justice qui tôt ou tard devait avoir lieu.

— Le résultat de l'autopsie est très clair. Mort subite. Parfois les vérités aussi arrivent comme ça subitement.

— Je me fous de l'autopsie. Ecoutez : il y a un an, à Asunción, un homme appelé Michael Schiller est mort de la même façon, et il y a six mois à Barcelone Joan Estévez est mort comme ça. Et ces deux hommes travaillaient pour mon père, pour les Maroquineries Brunni.

Contreras alla au mini-bar et sortit deux petites bouteilles de whisky. Il en lança une à Ornella.

— Continuez, dit-il en dévissant le bouchon.

— Schiller était un trafiquant de peaux au service de mon père et Estévez se chargeait d'organiser le transport vers l'Europe. Notre entreprise est la plus grande exportatrice mondiale d'objets en peau de crocodile ou de caïman, et selon les rôles d'importation les peaux proviennent d'Egypte ou de Cuba, mais c'est un mensonge. Il y a quelques années, l'associé de mon père a découvert qu'on pouvait obtenir des peaux presque gratuites dans le Mato Grosso...

— Vous voulez dire dans le Pantanal, souligna Contreras.

— Comment vous savez ça ? demanda Ornella en vidant la petite bouteille.

— Je ne sais rien, je ne fais que des rapprochements. Votre père a contracté une assurance-vie au bénéfice d'une personne domiciliée dans le Pantanal. Ceci, à condition que sa mort soit due à des causes naturelles ou à un accident. C'est pour cela que je suis ici, pour déterminer si nous devons ou non payer.

— Dites-moi le nom de cette personne.

— Manai. Comme ça : Manai, c'est tout.

Ornella Brunni porta ses mains à sa tête. Dans son geste il y avait un mélange de satisfaction et de désarroi.

— Vous savez qui est Manai ? demanda-t-elle sans écarter ses mains de son front.

— Non, et ça m'aiderait beaucoup si vous me le disiez.

— Manai est le dernier grand sorcier des Anarés.

— Un sorcier ? Et qui sont les Anarés ?

— Une tribu du Pantanal. Une des dernières tribus qui ont évité le contact des hommes blancs. Pauvres Anarés !

— D'accord. Je crois qu'il faut que nous parlions longuement, mais je suppose que ni vous ni moi ne voulons manquer l'enterrement de votre père, dit Contreras en lui tendant son blouson.

Dans le brouillard froid du crépuscule milanais, une douzaine de personnes disait adieu à Vittorio Brunni. La cérémonie fut brève. Contreras vit l'invalide près de la veuve et à une distance prudente

Arpaia et l'inspecteur Chielli. Ornella resta loin du groupe, les mains dans les poches de son blouson.

Les croque-morts déposèrent le cercueil contenant les restes de Vittorio Brunni au milieu du caveau et fermèrent la porte. Soudain Contreras vit que l'un de ses gardes du corps se penchait vers l'invalide pour lui dire quelque chose à l'oreille et que ce dernier tournait l'éclat de ses lunettes noires vers Ornella.

Contreras plaça une cigarette entre ses lèvres et une main lui offrit du feu. C'était l'inspecteur Chielli.

— Il fait assez froid à Milan, et avec l'humidité c'est pire, commenta le gros.

— Chielli, vous êtes venus pour me faire parler du temps ?

— Non. Nous voulons vous inviter à boire une grappa que nous avons dans la voiture pour ce genre d'urgence. Grappa Nonino. Vous avez déjà goûté ?

Contreras suivit Chielli jusqu'à la voiture garée dans l'une des allées qui conduisaient au tombeau des Brunni. Là, Arpaia lui offrit un petit verre de plastique.

— Buvez, ça vous fera du bien avec ce temps de merde, dit le commissaire.

La grappa était délicieuse et Contreras la laissa descendre lentement dans sa gorge.

— Nous vous avons vu arriver en bonne compagnie.

— La fille affirme que son père a été assassiné, bien qu'elle préfère dire exécuté. A votre santé.

— Ornella Brunni est une fille à papa, une petite fille riche qui s'est fourrée dans tous les mouvements possibles et imaginables ; sympathisante des Brigades Rouges, des prisonniers politiques, des écologistes, des grévistes de la faim, des organisateurs de marches aussi bien pour la dignité gay que pour les sandinistes... Elle vous a dit que son père était un porc capitaliste et qu'il a été exécuté par quelque avant-garde prolétarienne ? ironisa Arpaia.

— Non, mais il y a un sorcier.

Arpaia porta ses mains à sa tête, ensuite à sa barbe de trois jours qu'il ne rasait plus depuis des mois, Chielli rit avec malice et Contreras ne sut pas quoi ajouter.

Ornella Brunni et Dany Contreras dînèrent au restaurant du Manin. La jeune fille toucha à peine à son assiette, mais au café Contreras en savait beaucoup plus sur Vittorio Brunni, Manai et les Anarés.

Il y a quelques années, Michael Schiller, un aventurier sans scrupules, était venu à Milan à l'invitation de Carlo Ciccarelli, pour proposer à Vittorio Brunni ce qu'il appelait une réduction des coûts de matière première. Au Pantanal il y avait des milliers de yacarés, de petits caïmans, qui peuplent les fleuves, les marais et les marécages. Cette espèce était protégée et il y en avait des quantités. De plus, il semblait que ce Schiller avait de bonnes relations avec des gens qui collaboreraient en fermant les yeux. Les chiffres ne mentent pas et, en effet, ce que proposait Schiller réduisait considérablement les coûts. C'est là qu'intervenait Joan Estévez : il ferait entrer les peaux en Europe par Barcelone, s'occuperait de la falsification des documents d'origine, et les peaux de yacarés pourraient entrer en Italie comme si elles provenaient des élevages de crocodiles et de caïmans d'Egypte ou de Cuba. Tout ce qu'il restait à faire c'était d'organiser les battues de chasse au Pantanal et Schiller s'y connaissait. Ce que l'aventurier ne mentionna pas c'est que les chasseurs devaient entrer sur le territoire des Anarés, des Indiens qui vivaient de ces reptiles et les vénéraient comme le principe et la fin de la vie.

— Il y a un peu plus de deux ans, mon père est allé au Pantanal, invité par Schiller, pour participer à une battue et il en est revenu totalement changé. Il avait perdu sa loquacité habituelle, peu à peu il a cédé la direction de l'entreprise à Carlo Ciccarelli, et devant sa famille impuissante, il a fini par devenir une sorte d'autiste. Il avait peur. Il dormait peu et mal et parfois il se réveillait en criant ce nom étrange : Manai.

L'entrée précipitée de l'inspecteur Pietro Chielli dans le restaurant interrompit Ornella.

— Venez, M. Contreras, le commissaire vous attend dans la voiture. Ils sortirent dans la rue. Arpaia l'invita à partager le siège arrière. Chielli plaça le champignon bleu sur le toit du véhicule et ils partirent à toute vitesse.

— Où on va ? se risqua à demander Contreras, en se maudissant de ne pas avoir pris son manteau.

— A la villa de Ciccarelli. Il semble qu'on a tenté de le tuer, répondit le commissaire.

Cette fois l'armoire au fusil se montra d'une gentillesse inhabituelle ; il leur ouvrit tout de suite le portail et courut ensuite derrière l'auto. En entrant dans la propriété, ils virent plusieurs gardes et des employés qui parcouraient le jardin avec des lanternes.

Ciccarelli les attendait assis dans un fauteuil à haut dossier. On aurait dit un monarque invalide qui ne pourrait pas contempler son royaume.

— Commissaire Arpaia, votre eau de Cologne est sans pareille ; inspecteur Chielli, vos toscanos puent ; et Contreras, oui Contreras, je reconnais votre odeur ; attendez, il y en a une autre, oui, quelqu'un a été avec cette petite pute, la fille de Vittorio, salua l'invalide en remuant son nez au-dessous de ses lunettes noires.

— Grande démonstration olfactive, *dottore*, qu'est-ce qui s'est passé ? demanda le commissaire.

— Ceci, dit l'invalide en jetant aux pieds des nouveaux arrivants un gros livre ouvert.

C'était une édition en braille de *La Divine Comédie*. Sur une de ses pages, juste entre les reliefs qui permettaient au toucher de lire *buon tetragono ai colpi di fortuna* était incrusté un dard très petit dont la pointe teignait le papier de marron.

— J'étais ici même en train de lire, oui, de lire avec les doigts, quand soudain j'ai senti que, par la fenêtre ouverte, n'entrait plus que du silence. Je me suis retourné et à ce moment j'ai remarqué que quelque chose frappait le livre. Qu'est-ce que c'est que ça ?

— Un dard, un dard du Pantanal, dit Contreras.

— Imbécile ! Commissaire c'est à vous que j'ai posé la question.

— C'est un dard, *dottore*, répondit Arpaia. Il faudra que j'emporte le livre pour que le laboratoire l'analyse.

Contreras sortit dans le jardin. Des faisceaux de lumière baignaient la tour en ruines. Les gardes et les domestiques qui cherchaient avec leur lanterne sans savoir quoi, avaient l'air nerveux. Il ne faisait aucun doute que quelqu'un était entré dans la villa et cependant personne n'avait vu d'intrus. Les chiens n'avaient pas aboyé, mais il restait dans l'air l'odeur d'une menace, le silence mortel qui accompagne le pas du tigre.

Quand le commissaire Arpaia et l'inspecteur Chielli sortirent de la maison, on entendit une sirène de police qui approchait. Les carabiniers qui devaient protéger Carlo Ciccarelli arrivaient.

— D'où est-ce que vous sortez que c'est un dard du Pantanal ? demanda Arpaia qui tenait le livre enveloppé dans un sac de plastique.

— Je sais peu de choses mais je fais des rapprochements. Commissaire, je crois que vous avez trois homicides et une tentative d'homicide sur les bras.

— La Sainte-Trinité ! s'exclama l'inspecteur Chielli.

— Oui, mais dans le cas présent il ne s'agit pas de Tito Foulloux, Jorge Toro et Leonel Sanchez, la trinité du football chilien...Commissaire je suis sûr que si vous demandez l'autopsie des cadavres d'un certain Michael Schiller mort à Asunción, et d'un type appelé Joan Estévez, mort à Barcelone, vous découvrirez qu'ils ont été assassinés de la même façon que Vittorio Brunni, dont je vais demander pour ma part une autre autopsie.

Le commissaire l'écoutait en regardant le livre ouvert. Soudain il enleva le sac de plastique et l'approcha de ses yeux. Le dard avait disparu. Maintenant sur la tâche marron on en voyait une autre, transparente comme de la bave.

— Je ne crois pas aux sorciers, mais pour exister ils existent, commenta Contreras.

Les molosses, nerveux, se mirent à hurler. L'intrus était peut-être toujours là.

MAIN DANS LA MAIN.

Un délicat rayon de soleil à travers la brume indiqua que le matin se levait sur Milan. Contreras ouvrit la fenêtre et le corps d'Ornella Brunni frémit sous les draps. La nuit avait été longue. Elle avait frappé à sa porte vers deux heures du matin, juste au moment où Contreras finissait de parler au téléphone avec l'inspecteur Chielli.

— Vous me plaisez, Chilien, vous me plaisez vraiment, disait Chielli.

— J'adore les déclarations d'amour, reconnut Contreras.

— Je suis fou de votre humour. Blague à part, vous avez l'air d'avoir raison. Le labo a trouvé du curare dans le livre, et le dard a disparu parce qu'il était fait de toile d'araignée et de résine. L'humidité de la poche de plastique l'a fait fondre. Vous comprenez ?

— Du curare. Un poison qui provoque la paralysie musculaire. Tous les muscles cessent de fonctionner, donc mort subite. Le commissaire sait que vous êtes en train de me raconter un secret de l'instruction ?

— Oui, Arpaia voulait vous le dire, mais il est aussi timide que sa barbe. En revanche moi... vous comprenez, un homme aussi volumineux que moi ne peut pas se permettre d'être timide.

— Et ça vous dérangerait de me dire pourquoi vous me racontez tout ça ?

— Parce que le commissaire et moi, nous pensons qu'il y a quelque chose de pourri derrière la mort de Brunni et des deux autres types. Bon Dieu ! Nous aimons notre métier et nous voulons aller jusqu'au bout.

— D'accord. Nous allons nous donner mutuellement un coup de main, assura Contreras avant de raccrocher.

Il ouvrit la porte en pensant qu'on lui apportait un message, mais il trouva le regard vert d'Ornella Brunni.

— J'ai fait un tour, je suis rentrée chez moi, j'ai eu peur et me voici, dit-elle en jetant son blouson sur une chaise.

— Ça va, vous pouvez dormir sur le canapé, maugréa Contreras.

— Je suis habituée à dormir dans de grands lits, insinua la femme.

— Tant pis pour moi, accepta Contreras en prenant un oreiller.

Ils s'allongèrent, elle dans le lit, lui sur le canapé. Et ils restèrent comme ça, sans autre langage que le bruit des bouffées des cigarettes.

Ornella brisa le silence :

— Vous savez maintenant comment on a tué mon père, n'est-ce pas ?

— Non, mais je suppose que la nouvelle autopsie va trouver des traces de curare, de toile d'araignée et de résine.

— Manai, c'est lui. Le grand sorcier Manai.

— Allons, Ornella, vous êtes une femme intelligente. Vous n'allez pas croire qu'un sorcier est capable de souffler dans une sarbacane depuis l'autre côté du monde et d'atteindre votre père dans la nuque.

— Mon père avait peur de Manai. Il répétait son nom dans ses cauchemars. Je ne sais pas comment le sorcier a fait, mais il l'a fait. Le grand Vittorio Brunni a essayé d'acheter sa vie avec cette assurance au nom de Manai, mais le sorcier ne s'est pas laissé suborner.

— Ornella, je travaille sur des faits démontrables. Ma mission consiste à démontrer qu'il a été assassiné ; ce qui arrivera au coupable ne m'intéresse pas.

— Je vais vous parler d'un fait démontrable : Guido Vincenzo était un jeune anthropologue qui travaillait sur les cultures du Pantanal. Un jour, il a publié un article dénonçant l'extermination des Anarés, et parmi les responsables il citait les autorités brésiliennes et paraguayennes, mais aussi une entreprise italienne appelée Maroquineries Brunni. Un mois plus tard, on a retrouvé Guido au fond de la mer. Il conduisait en état d'ivresse et il s'était précipité du haut d'une falaise avec son véhicule. Ce qui est curieux c'est que Guido ne buvait pas, il ne pouvait pas boire parce qu'il était diabétique.

— Vous avez une copie de cet article ?

Ornella se leva, alla jusqu'à sa veste et lui remit plusieurs photocopies. Contreras se mit à lire.

L'article disait que les Anarés sont des Indiens de très petite taille, c'est pourquoi on les confond parfois avec les pygmées qui habitent plus au Nord dans les régions pré-amazoniennes. Ils sont nomades, se déplacent sur un territoire de quelque deux millions d'hectares et vivent presque exclusivement des œufs et de la chair du yacaré. Ils parlent une langue qui emprunte beaucoup de termes au guarani et leur mythologie est imprégnée de la présence du yacaré ou jacaré.

Jusqu'à environ trois ans avant la publication de l'article, ils avaient évité tout contact avec l'homme blanc, mais des chasseurs de yacarés, sous les ordres d'un Allemand appelé Schiller, avaient envahi leur territoire, éliminant les Indiens qui essayaient de transférer les petits yacarés vers l'intérieur du bas Mato Grosso pour les mettre hors de danger. L'article se terminait sur la mention que l'Allemand en question déclarait être un acheteur des Maroquineries Brunni, ce qui mettait en évidence la complicité de cette entreprise dans l'extermination des Indiens.

Contreras termina sa lecture, voulut dire quelque chose mais découvrit qu'Ornella dormait calmement. Il la couvrit délicatement et s'étendit sur le canapé jusqu'au matin.

Le téléphone fit sursauter Ornella Brunni.

— M. Contreras ? Carlo Ciccarelli. Hier soir j'ai été grossier avec vous. Venez prendre votre petit déjeuner avec moi, je veux que nous parlions d'homme à homme. On vient vous chercher dans dix minutes, et il raccrocha.

— Quelle heure est-il ? dit Ornella en bâillant.

— L'heure que je m'en aille. Dormez. Je vous promets de revenir avant midi.

Carlo Ciccarelli le reçut dans la grande salle à manger de la maison. Il lui tendit une main osseuse tout en remuant le nez au-dessous de ses lunettes noires.

— Bon je sens que vous avez passé la nuit avec Ornella. Elle est comment au lit cette petite pute ? Elle baise avec *Le Capital* sous l'oreiller ?

— Elle est fantastique, elle aime baiser debout. Vous n'avez pas la moindre possibilité de le vérifier.

— Contrôlez-vous Contreras. Un ordre de moi et on vous jette dehors à coup de pieds dans le derrière.

— Je n'en doute pas, vous ne pourriez jamais le faire vous-même.

Carlo Ciccarelli éclata d'un rire sonore. Il claqua les doigts et un garçon lui avança une boîte de havanes.

— Servez-vous. Ils viennent de Vuelta Abajo.

— Non merci, je suis fidèle aux Condal.

— Vous me plaisez, Contreras, vous êtes insolent et cruel. Les idiots croient que l'insolence et la cruauté sont des défauts, quand en réalité ce sont des qualités. Que savez-vous des liens entre les Maroquineries Brunni et les Indiens du Pantanal ?

— Tout.

— Je m'en doutais. Ornella s'acharne à nous enfoncer. Qu'est-ce que vous allez faire de ce que vous savez ?

— Rien. Je sais des choses sur des fraudes à l'importation, des viols de lois internationales, des subornations, des crimes, mais tout ça c'est banal et le chantage n'est pas ma spécialité. Je vous déçois ?

— Au contraire, vous me prouvez que vous n'êtes pas bête. Je respecte les hommes qui connaissent leurs limites. Qui a essayé de me tuer hier soir ?

— Comment est-ce que je peux le savoir ?

— Ornella le sait et elle vous l'a certainement dit. C'est la même personne qui a tué Vittorio, Schiller et ce malheureux Estévez. Bon sang ! Je le reconnais et cela n'a aucune importance si le résultat de la nouvelle autopsie nous empêche de continuer à tout cacher. Mais il y a quelque chose que vous ne devez pas oublier, Contreras : votre compagnie d'assurances aussi est là-dedans jusqu'au cou puisqu'elle a accepté d'assurer la contrebande des peaux, de sorte que tout scandale éclaboussera aussi les Suisses.

— Et qu'est-ce que vous suggérez ?

— Amenez Ornella et persuadez-la. Elle est la seule qui peut arrêter ce type. Promettez-lui ce qu'il voudra, de l'argent, qu'on le sortira du pays sain et sauf, ce qu'il voudra.

Contreras se rendit compte que Carlo Ciccarelli avait perdu son aplomb. Il était mort de peur, car l'étrange visiteur devait encore se trouver dans un coin de la villa. C'est ce qu'indiquait le hurlement continu des molosses dans le jardin et l'agitation des gardes du corps qui n'arrêtaient pas de circuler entre les arbres.

— Manai est là dehors et vous faites dans votre froc de peur, n'est-ce pas ?

— Ne soyez pas stupide. Manai n'existe pas. C'est moi qui l'ai inventé pour me débarrasser de Vittorio. Quand il a appris le massacre des Indiens, il s'est indigné et est parti au Pantanal pour tout arrêter. C'était un lâche, et pour lui faire peur, avec Schiller nous l'avons trompé. Ça n'a pas été difficile. Sa femme l'accompagnait, et nous avons mis dans sa nourriture un poison, pas mortel mais qui lui a provoqué des douleurs atroces.

A Asunción elle a vu des dizaines de médecins, tous achetés, qui se sont déclarés incapables de lutter contre la magie de Manai, le grand sorcier des Anarés. Quand il n'a plus pu supporter les hurlements de douleur de sa femme, Vittorio a demandé à rencontrer le sorcier. La suite vous pouvez certainement l'imaginer. Le sorcier (un très bon acteur d'ailleurs) a exigé qu'il abandonne l'affaire, Vittorio a obéi, sa femme a guéri, mais la peur ne l'a plus quitté et lui a fait signer cette ridicule assurance sur la vie. Bon sang ! Nous contrôlions tout jusqu'à ce que ces meurtres commencent.

Carlo Ciccarelli baissa la voix. Ensuite pour se calmer il se lança dans un discours où il décrivait avec une froideur statistique toutes les activités des Maroquineries Brunni dans le Pantanal. Les yacarés avaient commencé à se raréfier sur le territoire paraguayen parce que les Indiens transportaient des centaines de petits de yacarés vers le bas Mato Grosso brésilien, si bien qu'ils avaient décidé de leur donner une leçon. Ils en avaient tué un certain nombre, mais ils avaient compté sans la colère des chasseurs qui voyaient leurs revenus diminuer, sans le mécontentement des militaires brésiliens et paraguayens qui cessaient de recevoir leurs pots-de-vin et qui avaient retourné cette colère, contre les Anarés.

— Nous sommes une grande entreprise, Contreras. Sur cette table il y a un tapis fait de peaux de jeunes yacarés. Pour faire un tapis comme ça, qui vaut plus de mille dollars, il faut entre quinze et vingt animaux. Nous avons tué quelques animaux protégés ? Oui, d'accord mais quelle proportion de nos impôts sert à aider ces Indiens pouilleux ? Des millions, Contreras, des millions ! Parce que le capital ne sert pas uniquement à acheter de la matière première, il est aussi investi dans l'achat de certificats d'innocence, de diplômes de bonnes intentions. Nous ne voulions pas liquider tous les Indiens, mais l'Italie, l'Europe tout entières, sont pleines de tarés qui veulent nous ruiner. Ils sont même arrivés au Parlement ! Ce sont des dégénérés qui jettent de la peinture sur les femmes qui portent des fourrures. Un petit intellectuel a écrit un article pour nous accuser d'exterminer les Indiens, mais personne ne signale que nous produisons des richesses, que nous créons des milliers de postes de travail.

— Je me moque de votre patriotisme. Dites plutôt tout ça au commissaire Arpaia, coupa Contreras.

— Au commissaire ? Et qu'est-ce qu'il pense faire ?

— Appelez-le pour savoir, ou bien vous préférez un dard dans la nuque ?

Le commissaire Arpaia et l'inspecteur Chielli ne tardèrent pas à arriver. La police italienne et le détective privé allaient travailler ensemble, main dans la main.

— A vous de jouer, Contreras, le salua le commissaire et après avoir parlé avec Contreras, il ordonna :

— Chielli, fais évacuer la villa. Seul le *dottore* Ciccarelli peut rester.

— J'ai aussi besoin d'un hélicoptère de la police, ajouta Contreras.

— C'est fait ! s'exclama Chielli en mâchant un toscano.

Dans les lunettes noires de l'invalide se reflétait le ciel gris de Milan et la stupeur qui anéantissait son arrogance sénile.

LE CHASSEUR SOLITAIRE

— Je suppose que l'inspecteur restera à terre, non ? murmura le pilote de l'hélicoptère.

Chielli le regarda avec mépris et agitant le toscano qui pendait à ses lèvres, fit demi-tour en lui présentant la partie arrière de son anatomie. Il se dirigea ensuite vers la tour en ruine. Contreras montrait à Arpaia quelque chose sur le sol .

— C'est plus qu'un pressentiment, commissaire. La première fois que je suis venu, j'ai vu ces restes d'oiseaux, je les ai attribués aux chiens ou au fusil du gardien. Ensuite, en regardant la tour, j'ai été étonné de ne pas y voir un seul lézard. Sur les murs de la maison, on en voit quelques-uns, mais ici non. Une ruine sans lézards ?

— On ne peut pas grimper à cette tour sans une échelle, commenta Arpaia.

— Nous peut-être pas. Mais un individu qui a appris à grimper aux arbres avant de savoir marcher peut être agile comme un chat, même si c'est un adulte. Il est là-haut, je vous assure.

Chielli les prévint que l'hélicoptère était prêt et se plaignit que comme toujours on l'écartait de ce qui était amusant.

Les pales tournèrent, l'hélicoptère commença à s'élever et les arbustes furent comme aplatis sur le sol. Contreras, attaché au câble qui le soulevait par les aisselles, sentit que ses pieds s'éloignaient de la pelouse.

Comme on l'avait indiqué au pilote, l'hélicoptère souleva Contreras plusieurs mètres au-dessus de la tour. A son signal, ils le rapprochèrent jusqu'à ce que ses pieds touchent de nouveau la terre ferme. Contreras se débarrassa du câble et ordonna du geste à l'hélicoptère de s'éloigner.

Le chasseur était là. Bien qu'il fût assis, la tête et le dos couvert d'une peau de yacaré, on voyait facilement qu'il n'était pas plus grand qu'un enfant de dix ans. Auprès de lui il y avait une sarbacane courte, deux bols de terre, des toiles d'araignée écrasées, une boule de résine et des restes d'oiseaux et de lézards. Autour de lui un cercle de pierres de couleur et d'insectes mordorés faisaient de son lieu de repos une sorte de minuscule tour de guet. Il était là, les jambes croisées et le regard absent, le chasseur solitaire. Il paraissait étranger à ces arbres inutiles pour lui et à ces hommes capables de défier la nuit sans la protection des talismans.

Contreras s'approcha avec précaution et fit le tour de cette silhouette avant de s'arrêter en face de lui. Alors il s'accroupit. Sous la mâchoire du yacaré qui couvrait la tête du chasseur, il vit un visage d'un âge indéfini, aux pommettes ornées de trois rangs de tâches rouges. Ses yeux étaient ouverts mais un vernis terne voilait ses pupilles.

Le détective tendit une main et lui toucha l'épaule. Cela suffit à faire tomber le petit homme. Contreras posa sa main sur son front. Le chasseur brûlait de fièvre.

Alors que l'hélicoptère était sur le point de laisser le brancard transportant le chasseur aux infirmiers qui attendaient en bas, un cri de l'inspecteur Chielli les obligea tous à tourner la tête. A quelques mètres, dans son fauteuil roulant, Carlo Ciccarelli brandissait un Walther 9 mm cherchant une cible qu'il ne voyait pas, mais qui se reflétait dans ses lunettes noires.

La tape de l'inspecteur Chielli fit crisser les os de son bras et le revolver tomba sur la pelouse.

— Animal, j'allais faire justice, j'allais venger mon associé !

Deux carabiniers finirent par emmener l'invalide colérique.

— C'est un cas clinique compliqué. Outre la pneumonie, il souffre d'une dénutrition aiguë accompagnée de déshydratation. Nous ne pouvons lui donner que du sérum, car nous ignorons si son organisme peut résister aux antibiotiques. Il n'y a pas de doute, c'est un adulte, mais nous aimerions savoir son âge, l'informa le docteur Caccuchi de l'unité de soins intensifs.

Sur le lit, le visage à demi-couvert par le masque

à oxygène, l'aiguille de la perfusion enfoncée dans un bras, le chasseur solitaire paraissait encore plus petit. Arpaia et Chielli le regardaient en silence.

— Je vais téléphoner. Je suis dans le couloir, dit Contreras.

Il fit le numéro de l'hôtel Manin et demanda sa chambre. Ornella était encore là.

— Je croyais que vous étiez fatigué de moi ! s'exclama-t-elle en reconnaissant la voix de Contreras.

— Pas encore, et il ne dépend que de vous que cela n'arrive jamais. Ecoutez-moi bien, à part l'anthropologue assassiné est-ce qu'il y a quelqu'un d'autre qui connaisse les Anarés ?

— Oui, je connais quelqu'un.

— Bon, venez avec lui à l'unité de soins intensifs de l'hôpital.

— Pourquoi ? Il est arrivé quelque chose ?

— Ne soyez pas fatigante, Ornella, dit Contreras et il raccrocha.

Pendant qu'ils attendaient, Arpaia et Contreras résistaient à leur envie de fumer en observant la promenade frénétique de l'inspecteur Chielli. Il se déplaçait à grandes enjambées d'un bout à l'autre du couloir, son toscano éteint pendant à sa bouche. De temps en temps il comptait ses doigts, comme pour s'assurer qu'il en avait vraiment dix ou il tirait sur ses oreilles pour vérifier qu'elles étaient toujours collées à sa tête.

— Il est toujours comme ça ? demanda Contreras.

— Des fois, pire, mais c'est un brave type, répondit Arpaia.

— Qu'est-ce qui lui arrive ? Il est nerveux ? insista Contreras.

— Je crois qu'il réfléchit, chacun fait ça du mieux qu'il peut, pontifia Arpaia.

L'inspecteur Chielli continuait à user le linoléum du couloir. Maintenant il avait ajouté à ses doigts et ses oreilles les boutons de sa veste. Soudain il s'arrêta, se frappa le front et se dirigea au trot vers Arpaia et Contreras.

— Chef, ce n'est pas ce petit homme qui a essayé de tuer Carlo Ciccarelli. C'est peut-être lui qui a lancé le dard empoisonné sur Vittorio Brunni, mais ce soir il n'avait pas la force de souffler dans une sarbacane. En plus, s'il se cachait en haut de la tour pourquoi avoir jeté en bas des restes d'oiseaux ? Je crois qu'il a volontairement servi de leurre. Il devait vouloir qu'on le trouve, que ce soit très difficile, mais qu'on le trouve.

— Merde Chielli, vous avez raison. Cet homme n'est qu'une fausse piste pour en protéger un autre, conclut Contreras.

— Gros, j'ai toujours dit que tu étais loin d'être con, le félicita Arpaia.

— Et l'autre ne doit pas être loin, ajouta Contreras.

— Les entrepôts des Maroquineries Brunni sont près de la villa de Ciccarelli, dit l'inspecteur Chielli avec satisfaction.

Les deux policiers sortirent de l'hôpital en courant et Contreras maudit le retard d'Ornella. Un quart d'heure après il la vit arriver seule, indifférente à la déception qui se dessina sur le visage de Contreras.

— Je vous avais demandé quelque chose d'important, Ornella.

— Et je l'ai. Pourquoi vous m'avez donné rendez-vous ici ?

— Où est-ce que vous avez laissé le spécialiste des Anarés ?

— C'est moi. Je me suis brûlé les yeux à les étudier, dit Ornella et elle montra la porte que Contreras bloquait.

Le chasseur était toujours sans réaction, plongé dans le puits profond de la fièvre. Par moments il entrouvrait la bouche et le masque à oxygène se voilait.

— Mon Dieu ! Il est blessé ! s'exclama-t-elle en voyant le petit homme.

— Non. Il a une pneumonie, il est déshydraté et en état de dénutrition. C'est un Anaré ?

Ornella approuva. Elle signala que les peintures qui ornaient son visage étaient celles d'un chasseur anaré et demanda où étaient ses affaires.

— Elles sont au commissariat. Le commissaire Arpaia les a fait prendre.

— Allons-y. Il est très important que je voie ses affaires pour en savoir plus sur lui. Où l'avez-vous trouvé ?

— Dans la villa de Ciccarelli, en haut de la vieille tour.

Ornella porta les mains à sa bouche avant de demander :

— Il était couvert d'une peau de yacaré ?

— Oui. Qu'est-ce que ça signifie ?

— Il est le leurre du chasseur. Les Anarés imitent beaucoup les mœurs des yacarés. Par exemple quand les yacarés sentent qu'un félin approche, l'un d'eux s'allonge sur la plage et joue le leurre. Le félin attaque, sûr de prendre le yacaré par surprise et plante ses dents dans sa nuque. Le félin excité par le goût du sang commence à le dépecer sur place et, confiant, le dévore. C'est le moment qu'attendent les autres yacarés qui entre-temps l'ont entouré en lui coupant toute possibilité de fuite.

— Où avez-vous appris tout ça ?

— Guido Vicenzo, il était anthropologue mais il était aussi mon compagnon.

— Je regrette Ornella. Vous voulez toujours aller au commissariat ?

— Non, je crois qu'il serait plus judicieux d'aller à la villa de Carlo Ciccarelli, observa-t-elle en regardant Contreras du fond de la solitude de ses yeux verts.

Ils durent insister longuement pour convaincre l'armoire au fusil que la vie de son maître était en danger, qu'il devait faire taire les molosses et leur ouvrir la porte.

Contreras prit la main d'Ornella et ils se mirent à courir dans l'allée bordée d'arbres nus, tandis que les gardes, surpris, les suivaient en criant des choses qu'ils ignorèrent, jusqu'à arriver sur l'esplanade couverte de gazon.

Contreras connaissait déjà le rituel : le garde le plus robuste faisait tourner le fauteuil roulant de Carlo Ciccarelli qui brandissait un Walther 9 mm ; un autre homme courait, laissait un magnétophone sur la pelouse et retournait se placer derrière le fauteuil ; une voix masculine sortait du magnétophone... Mais cette fois, Ciccarelli n'orienta pas son ouïe vers la source sonore, ne chercha pas la cible de ses yeux vides, ne tira pas.

Il ne leva même pas son revolver. Simplement il inclina la tête sur le côté comme une marionnette, à la stupéfaction des gardes qui ne réagirent que lorsque les lunettes d'aveugle de leur maître tombèrent.

Le commissaire Arpaia et l'inspecteur Pietro Chielli arrivèrent au moment où il devenait de plus en plus difficile à Contreras de maintenir les gardes à distance pour qu'ils ne bougent pas le cadavre.

— Il y a une marque derrière l'oreille gauche. Le dard, comme on sait, se dissout très rapidement, remarqua Contreras.

Arpaia et Chielli contemplèrent le mort. Sans ses lunettes noires il était méconnaissable, il n'avait pas la moindre expression.

Chielli se mit à genoux et observa les arbres les plus proches en prenant l'oreille gauche comme ligne de mire, mais Contreras le découragea :

— Ne vous embêtez pas à chercher la trajectoire du dard. On le lui a envoyé pendant qu'un de ses hommes le faisait tourner dans son fauteuil roulant.

Ornella et les trois hommes se regardèrent. Le véritable chasseur solitaire se cachait là, tout près, invisible, caché sous le camouflage de ses lointaines coutumes.

TRISTE, SOLITAIRE ET FINAL

Ashkeanumeré « celui qui vient de l'eau », ouvrit les yeux et vit qu'il était enveloppé par la brume de la mort. Tout était blanc, la couleur la plus stérile et la plus triste, et même si la natte sur laquelle il était étendu était moelleuse et blanche aussi, il sentit que la mort prenait place dans ses os, si éloignés de la chaleur simple de la terre. Près de lui il y avait deux hommes de la tribu des jeashmaré, « ceux qui détestent l'eau », ceux dont il s'était tenu à l'écart une grande partie de sa vie. L'un était gros et mâchonnait une espèce de bâton ; l'autre était maigre, ses yeux étaient couverts de deux masques de résine transparente et sur son visage poussait une mousse grise. Ils le regardaient avec la même méfiance qu'un reptile blessé. De terribles sorciers, les jeashmaré, se dit « celui qui vient de l'eau » en portant une main à son visage. A l'endroit où était sa bouche auparavant poussait une longue trompe. Peut-être qu'ils l'avaient transformé en fourmilier.

— Du calme, petit homme. Ne bouge pas, dit l'inspecteur Chielli.

— Il ne te comprend pas. Je ne crois pas qu'il comprenne l'italien, remarqua le commissaire Arpaia avec un ennui évident.

Ce petit homme fragile qui transpirait sur l'oreiller blanc et les regardait avec ses yeux effrayés, était à la fois un assassin en puissance et un témoin de première importance. En recherchant l'autre chasseur – ils avaient décidé de les nommer de cette manière – la police italienne était tombée sur un véritable trésor. Dans les entrepôts des Maroquineries Brunni ils avaient trouvé des milliers de peaux d'animaux, caimans et autres reptiles, théoriquement protégés par une législation internationale aussi pompeuse qu'inefficace.

De l'autre chasseur, ils n'avaient trouvé que des traces : os de rongeurs et de petits oiseaux et quelques excréments que le laboratoire déclara pouvoir appartenir à un enfant car ils ne contenaient ni alcool ni tabac.

— J'aimerais savoir ce que peut bien penser ce petit mec, murmura l'inspecteur Chielli.

— Il a de la fièvre et en plus il a peur, et la peur laisse difficilement penser, commenta le commissaire Arpaia.

Dany Contreras ouvrit la porte et fit signe aux deux hommes de sortir. Il avait l'air ennuyé. Il avait téléphoné auparavant à Zurich et la satisfaction de Zoller lui avait semblé offensante, mais il ne savait pas pourquoi.

— Pour les Assurances helvétiques c'est du gâteau. Vittorio Brunni n'est pas mort de mort naturelle et comme si ce bonheur ne suffisait pas, le bénéficiaire de l'assurance n'existe pas. Mission accomplie, Contreras. Vous rentrez quand ? demanda Zoller.

— Je reste quelques jours. Je ne sais pas combien. Je veux connaître la fin de cette affaire.

— N'allez pas vous fourrer dans des complications, Contreras. Les flics italiens se chargent de l'affaire. Vous n'avez rien perdu à Milan.

— Je sais, mais c'est une question personnelle. Vous ne pouvez pas comprendre.

— Comprendre quoi ? Une paire d'Indiens ont tué un de nos clients. On en a arrêté un et l'autre va l'être bientôt. Je vous ordonne de revenir par le premier avion.

— Non. Je reviendrai quand tout sera clair.

— Vous êtes un sentimental, Contreras ! s'exclama Zoller méprisant, avant de raccrocher.

Arpaia et Chielli sortirent de la chambre. « Celui qui vient de l'eau » resta seul.

Le sentier de la fièvre le mena jusqu'au Turispaqui, et il se vit dans la grande pirogue avec Anahumaré, « celui qui chante comme l'eau ». Ils avaient navigué pendant sept jours, la plupart du temps en ramant à contre-courant, ou en transportant la pirogue pour éviter les rapides. Ils revenaient du bas Mato Grosso, sans chargement. A l'aller ils avaient transporté plus d'une centaine de petits yacarés. Les reptiles ne dépassaient pas la longueur d'une main et s'agitaient comme des larves au fond de la pirogue. Ils avaient faim mais ça n'avait pas d'importance, pas plus que le sommeil et la fatigue, car ce qu'ils faisaient ils devaient le faire. Ils étaient Anarés et ils obéissaient à une loi aussi vieille que le monde, car, au commencement de toutes les choses, le monde était eau, et les hommes et les animaux vivaient sur le dos du grand yacaré. Le reptile rêvait de fruits et il y avait des fruits, il rêvait de poissons et il y avait des poissons, il rêvait de tortues et il y avait des tortues. Mais un jour apparut le premier jeashmaré et il planta un dard incandescent dans le cœur du grand reptile. Celui-ci mortellement blessé fouetta nuit et jour les eaux avec sa queue. Il laissa mille fils, certains de la taille d'une larve et d'autres aussi grands qu'un chasseur, mais il ne dit pas lesquels d'entre eux le remplaceraient. C'est pourquoi les Anarés doivent s'occuper de tous, pour que le doux temps des rêves revienne sur le dos du grand yacaré.

— Qu'a dit le docteur Caccuchi ? demanda Contreras.

— Toujours pareil. On ne peut lui donner aucun médicament. Un mort à Asunción, un autre à Barcelone, deux à Milan et on ne peut pas interroger le principal suspect, se plaignit Arpaia.

— Tout ça parce qu'on ne connaît pas les langues, Chef, commenta l'inspecteur Chielli.

— On a appris quelque chose sur l'autre ? demanda à nouveau Contreras.

— Il a toute la police de Milan aux trousses, répondit Arpaia.

— Aux trousses d'un petit type qui se balade à moitié à poil et déguisé en crocodile. Ce n'est pas ce qu'on peut appeler une enquête classique, dit Chielli en mordillant son toscano.

— Je ne veux plus de morts. Un de plus et ma tête tombe, commenta Arpaia en soupirant.

L'arrivée de l'ascenseur les interrompit. Ornella Brunni s'avança d'un pas énergique vers le commissaire.

— Vos hommes ont perquisitionné chez moi. Comment avez-vous osé ? attaqua Ornella.

— Nous avions un ordre de perquisition. Nous savons que vous êtes une sympathisante de ces gens qui, entre autres, ont assassiné votre père, répondit Arpaia.

— Et d'autres vont peut-être tomber, ajouta Chielli.

— Il n'y aura pas d'autres morts, affirma Ornella Brunni.

— Comment vous savez ça ? Il me semble que vous gardez plusieurs secrets que vous devriez partager avec moi. C'est votre devoir. Je peux vous arrêter pour dissimulation de preuves, menaça le commissaire, mais il ne put poursuivre car la voix du prisonnier lui parvint depuis la chambre.

Le petit homme avait enlevé le masque à oxygène et assis sur le lit regardait avec une expression de panique l'aiguille plantée dans son bras. Une litanie étrange et monotone s'échappait de ses lèvres.

— Chielli, appelez le médecin, ordonna Arpaia tandis qu'avec l'aide de Contreras et d'Ornella Brunni il recouchait le prisonnier dans le lit.

« Celui qui vient de l'eau » regarda la femme et sut que la mort l'appelait. Cette femme portait la forêt dans ses yeux. Alors il sourit et dans sa langue lointaine lui raconta que, avec « celui qui chante comme l'eau », ils avaient fait ce qu'ils devaient faire en venant sur la terre des jeashmarés, car lorsqu'ils étaient revenus dans le village après avoir transporté et mis à l'abri les derniers petits de yacarés, ils l'avaient retrouvé rasé et jonché de morts. Ils avaient su alors qu'eux aussi étaient les derniers, qu'ils ne pourraient plus sauver les yacarés, comme ils venaient de le faire, et qu'il était de leur devoir d'en finir avec les chefs des jeashmarés. Ils avaient attendu avec la patience des solitaires, que ceux-ci chassent et emportent des quantités d'animaux. Et cachés parmi les peaux de yacarés, le voyage à la recherche des chefs des jeashmarés avait été long, patient et sans retour.

Lorsque le docteur Caccuchi entra, le petit homme regardait Ornella Brunni avec des yeux exorbités et il tendait les bras vers elle tout en poursuivant son discours désespéré. Soudain, sa poitrine s'agita convulsivement puis s'immobilisa.

Le docteur Caccuchi secoua la tête, l'ausculta puis lui ferma les yeux.

— Vous ne pourrez pas nier maintenant que cet homme vous connaissait. Il vous a raconté quelque chose et je veux que maintenant vous me le racontiez à moi, ordonna Arpaia en acculant Ornella Brunni.

— Ne soyez pas stupide. Je n'ai pas compris un mot et dans le cas contraire, je ne vous raconterais rien, répondit la femme.

— Commissaire, donnez-moi deux minutes. Et vous, Ornella, venez avec moi, dit Contreras en la prenant par le bras.

Ils se dirigèrent en silence vers la cafétéria de l'hôpital. Contreras demanda deux cafés et ils s'assirent face à face. Le détective lui passa une serviette pour qu'elle essuie ses larmes.

— Vous êtes fourrée dans une sale affaire et jusqu'au cou. Pour n'importe quel policier, cet homme vous a raconté quelque chose. Qu'est-ce que c'était ?

— Je n'ai rien compris. Je sais des choses sur eux mais je ne parle pas leur langue. Il n'y a que quelques missionnaires qui la connaissent. En plus, je ne suis jamais allée dans le Pantanal.

— Je ne comprends foutrement pas pourquoi je suis de votre côté, Ornella. Je ne suis pas policier, mais je l'ai été et ça me permet de vous affirmer que vous êtes fourrée dans une très sale affaire. D'accord. Vous ne comprenez pas la langue des Anarés. Je vous crois. Pourtant, vous avez affirmé il y a un instant qu'il n'y aurait pas d'autres morts. Ornella, vous savez où se trouve l'autre.

— Et, quand bien même ? Vous ne pouvez pas m'obliger à dénoncer qui que ce soit.

— Non, mais votre arrogance ne sauvera pas la vie de l'autre Indien. Il est très malade, n'est-ce pas ? Vous n'êtes pas venue à l'hôpital pour parler avec le commissaire ou l'inspecteur Chielli. Vous n'êtes pas non plus venue me voir. Vous vouliez savoir quel traitement utilisait Caccuchi pour sauver l'Anaré et ensuite faire la même chose pour l'autre. Il est peut-être mort aussi à l'heure qu'il est.

— Ils ont tué Guido. C'était mon compagnon. Je l'aimais, dit la femme, ses beaux yeux verts noyés de larmes.

— D'accord. Ils ont tué Guido Vincenzo et peut-être beaucoup d'Indiens, directement ou indirectement. Mais ils ont déjà payé, Ornella. Schiller a payé, Estévez a payé, Carlo Ciccarelli a payé et votre père a payé deux fois parce qu'ils l'ont rendu fou de panique avant de le tuer. Vous voulez sauver la vie de l'Anaré, maintenant ?

— Et le donner à la police pour qu'ils l'assassinent lentement en prison ?

— Vous n'êtes ni la déesse de l'éthique ni celle du Pantanal, Ornella. Vous n'êtes qu'une petite bourgeoise gâtée et pleine de haine. Vous vouliez venger la mort de votre compagnon et je le comprends, mais vous n'êtes pas intervenue dans cette affaire, et vous savez pourquoi ? Parce que les bourgeois n'ont jamais eu de courage et se sont toujours servis des mains des autres pour tirer les marrons du feu. Où est l'autre Indien ? Dites-le une bonne fois pour toutes.

— S'il doit mourir, qu'il meure libre.

La main de Contreras décrivit un arc de cercle avant de s'abattre sur le visage de la femme. Des larmes et de la salive s'envolèrent, une tasse de café se renversa sur la table, mais le liquide ne lava pas l'orgueil brisé.

— Vous me dégoûtez, Ornella. Très bien. Qu'il meure si cela vous sauve votre conscience de petite bourgeoise de gauche. Vous serez accusée de dissimulation dans au moins trois homicides : celui de votre père, celui de Ciccarelli et celui du dernier Anaré. Et je serai témoin à charge.

— Sale flic. Vous êtes comme les deux autres.

— Peut-être mais je suis plus rapide. Arpaia et Chielli arriveront aux mêmes conclusions, Ornella. Ça a été une erreur de venir à l'hôpital, parce que l'Anaré vous a reconnue, donc ce n'était pas la première fois qu'il vous voyait. Ça a dû se passer à Barcelone. En apprenant la mort d'Estévez tellement semblable à celle de Schiller, vous êtes allée en Espagne et vous avez rencontré les Indiens pour la première fois. Ils se cachaient dans un entrepôt. On ne saura jamais comment ils sont arrivés si loin, peut-être, par le bateau, cachés parmi les peaux. Schiller et Estévez ont été des proies faciles, mais sans votre aide ils ne seraient jamais arrivés à Milan. Vous les avez amenés comme des animaux dans le coffre de votre Alfa Roméo ? Non. Je crois que vous les avez aidés à passer avec la dernière cargaison préparée par Estévez. Oui. Ça doit être ça. Ils sentaient tous les deux la peau de yacaré, c'est pourquoi les chiens de Ciccarelli habitués à cette odeur par la proximité des entrepôts de l'entreprise, n'ont pas pu les trouver. Une longue peine vous attend, Ornella, et la seule circonstance atténuante en votre faveur, c'est que vous sauviez la vie de l'autre Indien. Décidez.

En voyant Ornella Brunni, la tête basse, le commissaire Arpaia comprit qu'il était tout près de boucler l'affaire. L'inspecteur Chielli aussi comprit la situation et fut le premier à descendre jusqu'à l'auto. Lorsque Contreras, Ornella Brunni et Arpaia arrivèrent dans la rue, Chielli les attendait le moteur allumé et un champignon bleu scintillant sur le toit.

— Cette histoire de venir à la police pour exiger une enquête sur l'assassinat. C'était un alibi ou une façon de vous payer notre tête ? demanda Arpaia, mais Ornella ne sembla pas l'entendre.

Ils n'eurent pas à aller loin. Ils prirent vers le nord par la via Manzoni et suivant les indications de la femme, Chielli arrêta l'auto devant le portail fermé des Giardini Pubblici. Une poussée du corpulent inspecteur suffit à faire sauter le cadenas rouillé.

Accroupi dans un coin d'une cage vide, qui avait autrefois servi aux lions du zoo, ils trouvèrent l'homme qu'ils cherchaient. Son corps était froid sous la peau de yacaré, car la nuit était froide, et la mort est froide à Milan, comme partout.

— Il n'y a plus rien à faire, dit le commissaire Arpaia et il retourna à la voiture pour demander par radio un véhicule pour la morgue.

Les autres partirent aussi, et le dernier des Anarés resta là, triste, de la tristesse de ceux qui ne connaissent pas de retour ; solitaire de la solitude des vaincus, au bout d'un chemin qu'il n'aurait jamais dû emprunter.

Dans la rue, l'inspecteur Chielli passa les menottes à Ornella Brunni et obéit au rituel de lui faire baisser la tête pour l'obliger à monter dans la voiture. Dany Contreras la regarda dans les yeux. Ces pupilles vertes l'observèrent depuis des territoires si lointains qu'il frissonna et pour échapper à toute tentation de pitié tardive, il se mit à marcher vers l'hôtel, vers la chaleur du bar et le whisky, pour se sentir à l'abri du froid, qu'une fois de plus il haïssait de toute son âme.

SUITES

1. *Histoires étranges et fantastiques d'Amérique latine*

2. José Luis SAMPEDRO
Le Sourire étrusque

3. Antonio LOBO ANTUNES
Le Cul de Judas

4. J. M. MACHADO DE ASSIS
Le Philosophe ou le chien

5. Horacio QUIROGA
Les Exilés

6. Paco Ignacio TAIBO II
De passage

7. Euclides DA CUNHA
Hautes Terres

8. Luis SEPÚLVEDA
Journal d'un tueur sentimental

9. Fernando GABEIRA
Les Guérilleros sont fatigués

10. J. M. MACHADO DE ASSIS
La Montre en or

11. Dalton TREVISAN
Le Vampire de Curitiba

12. *Des nouvelles du Brésil*

13. Marcio SOUZA
L'Empereur d'Amazonie

14. Alejandro JODOROWSKY
L'Arbre du dieu pendu

15. Manuel SCORZA
Roulements de tambours pour Rancas

16. José Ángel MAÑAS
Je suis un écrivain frustré

17. Antonio LOBO ANTUNES
Fado Alexandrino

18. Christoph HEIN
La Fin de Horn

19. Luis SEPÚLVEDA
Yacaré, Hot Line

20. Lídia JORGE
Le Rivage des murmures

BIBLIOTHÈQUE HISPANO-AMÉRICAINE

Histoires d'amour d'Amérique latine
Présentées par Claude Couffon

Alfredo BRYCE-ECHENIQUE
Le Petit Verre de ces dames
Ne m'attendez pas en Avril
Noctambulisme aggravé

Jesús DÍAZ
Les Paroles perdues
La Peau et le Masque

Mario DELGADO APARAÍN
La Ballade de Johnny Sosa

Javier GONZALEZ RUBIO
T'aimer fut mon châtiment

Alejandro JODOROWSKY
L'Arbre du Dieu pendu

Miguel LITTÍN
Le Voyageur Byzantin

Leonardo PADURA FUENTES
Electre à la Havane

Horacio QUIROGA
Contes d'amour de folie et de mort
Anaconda
Les Exilés
Au-delà

Hernán RIVERA LETELIER
La Reine Isabel chantait des chansons d'amour
Le Soulier rouge de Rosita Quintana

Antonio SARABIA
Les Invités du Volcan

Luis SEPÚLVEDA
Histoire d'une mouette et du chat qui lui apprit à voler
Journal d'un tueur sentimental
Le Monde du bout du monde
Le Neveu d'Amérique
Rendez-vous d'amour dans un pays en guerre
Un nom de torero
Le Vieux qui lisait des romans d'amour
Yacaré, Hot line

Paco Ignacio TAIBO II
Le Rendez-vous des héros
De Passage
L'Année où nous n'étions nulle part

Achevé d'imprimer en décembre 1998
sur presse Cameron
dans les ateliers de ***Bussière Camedan Imprimeries***
à Saint-Amand-Montrond (Cher)

N° d'Édition : 2419001. N° d'Impression : 985847/1.
Dépôt légal : janvier 1999.

Imprimé en France